世界经典神话
与传说故事

郭　红◎编译

北方联合出版传媒(集团)股份有限公司
万卷出版公司

© 郭 红 2021

图书在版编目（CIP）数据

世界经典神话与传说故事/郭红编译. —沈阳：
万卷出版公司，2021.10（2024.7 重印）
（儿童文学经典起点阅读）
ISBN 978-7-5470-5669-1

Ⅰ．①世… Ⅱ．①郭… Ⅲ．①神话－作品集－世界②
民间故事－作品集－世界 Ⅳ．①I17

中国版本图书馆 CIP 数据核字(2021)第 138291 号

出版发行：北方联合出版传媒（集团）股份有限公司
　　　　　万卷出版公司
　　　　　（地址：沈阳市和平区十一纬路 25 号　邮编：110003）
印 刷 者：北京飞达印刷有限责任公司
经 销 者：全国新华书店
幅面尺寸：165mm×230mm
字　　数：120 千字
印　　张：10
出版时间：2021 年 10 月第 1 版
印刷时间：2024 年 7 月第 3 次印刷
责任编辑：齐丽丽
责任校对：张兰华
装帧设计：宋双成
插　　图：陈 庆
ISBN 978-7-5470-5669-1
定　　价：26.80 元
联系电话：024-23284090
传　　真：024-23284448

Preface 前言

　　"儿童文学经典起点阅读"丛书，用丰富的语言活跃孩子们的想象力，拓展孩子们的视野；用浪漫、有哲理的故事帮助孩子们认识社会、理解人生；用广博的知识启发孩子们对大自然和人类自身进行探究、审视。孩子们通过阅读中外经典故事，为以后的成长打下坚实的基础，努力成为通达事理、明辨是非的人。

　　本套丛书具有以下特点：

　　其一，文学性。本套丛书的作者，很多都是大师级的人物，他们的作品有较高的文学价值。

　　其二，故事性。本套丛书中真善美战胜假恶丑的故事可以让孩子们明白，无论遇到多么糟糕的事情，只要一直向往光明、心存善念，最终所有的困难都会被美好和幸福所取代。

　　其三，"悦"读性。本套丛书用活泼生动的语言，向孩子们解释了很多深奥的问题。孩子们可以通过丰富的想象，获得多元的体验，对今后的成长无疑是很有益处的。

　　希望本套丛书能够丰富孩子们的课外知识，开启他们的智慧大门，让他们拥有幸福美好的未来。

目录 Contents

亚洲神话与传说故事

苏美尔神话

吉尔伽美什

很久很久以前,苏美尔人在两河(指的是幼发拉底河和底格里斯河)流域创建了乌鲁克古城。该古城的第五任统治者吉尔伽美什一生峥嵘(形容才气、品格等超越寻常,不平凡),所立下的功绩前无古人、后无来者,他的光辉事迹被刻写在十二块泥板上。那么,泥板上所叙写的故事究竟是怎样的呢?

相传,天神在创造吉尔伽美什的时候,让他是三分之二的神、三分之一的人。

为什么会这样呢?原来,在苏美尔人的观念里,人都是由神创造出来的,目的就是为神服务。天神在创造人的时候,会像打磨一件精美的工艺品一般仔细和用心,他们将不同的躯体、不同的性格和不同的命运赋予每一个人。

吉尔伽美什便是好几位天神充分发挥通力合作精神的产物。这些天神使出了浑身解数,力图打造出一个极尽完美的形象:

大力神为他塑造强健有力的躯体,太阳神舍马什为他描画俊美的面庞,雷神阿达特在他的胸膛里倾注了勇敢无畏的精神……于是,一个集智慧与力量于一身的男孩儿就这样被

创造出来了。

众神将他放置于乌鲁克城，让他成为女神宁孙和国王卢加尔班达的儿子。

吉尔伽美什降生的这一天，天上乌云密布，雷声隆隆。宫殿顶上雕画的诸神之像目睹了新生儿的降生，他们将一股涌动的力量赋予了新生儿，于是这个孩子哭声洪亮，力量巨大，连身体最强健的乳娘都无法将他抱住，只好将他放置在一张柔软的大床上。因为有了诸神赋予的力量，小吉尔伽美什天生就是三分之二的神。

小吉尔伽美什稍稍长大一些之后，成了王宫里名副其实的捣蛋鬼。他跑起来健步如飞，像风一样，就连最年轻、武艺最强的士兵都无法追上他。他调皮任性，不停地制造麻烦，负责伺候他的女仆根本拿他没办法。但是那又怎么样呢？小吉尔伽美什注定要成为乌鲁克的王，整个国家都将是他的，况且国王和王后又对他宠爱不已。

日子一天天过去，昔日的小男孩儿慢慢长成了强壮的小伙子。由于从小就被人众星拱月地伺候着，这个小伙子的身上总是呈现出一股天命不凡的气势。

这一天，吉尔伽美什昂首阔步地走在大街上，他身材挺拔，胸膛宽九指尺（古时以人的手指长度来度量长短，所以称为指尺。中指中节的长度为1寸，约为3.33厘米），就像一头野牛一样强壮。他的腰间别着匕首，手里握着短斧，随从们一个个谨慎地跟随在他身后，生怕他们未来的国王有一点儿不顺心的地方。吉尔伽美什威武不凡的气势足以吸引所有见过他的人。

为了迎接第五任乌鲁克国王继承王位，整个乌鲁克王宫被装饰得焕然一新。

吉尔伽美什穿上了加冕的新装，戴上了沉甸甸的王冠。在主祭司的引领之下，他来到王宫中的高台上开始进行加冕仪式。

祭司已经提前沐浴斋戒了几日，现在她的头上插着羽毛，身上涂了橄榄油，脸上涂画着五颜六色的神图，在台上跪倒，开始祈祷：

> 　　高贵的女神伊什妲尔（也译作伊什塔尔，古巴比伦的自然与丰收女神），
> 　　乌鲁克城中最勇敢的人，
> 　　今天就要成为我们的新王！
> 　　但愿您能将稳定的王权赐予他，
> 　　让他永戴王冕，
> 　　让乌鲁克城久盛不衰！
> 　　但愿我们的新国王遍施仁爱，
> 　　让幼发拉底河下游灿烂辉煌！

吉尔伽美什身处于高高的祭台之上，听着祭司的赞美，望着下方屈膝跪拜的子民们，心中油然升起一股前所未有的骄

傲和热情,他向自己的子民宣誓:

"从今天起,我就是乌鲁克的国王,我对着我的子民宣誓,我要将我的王国治理成一个前所未有的鼎盛王国。"

说干就干,吉尔伽美什对誓言的践行从改造乌鲁克城开始。他先派人建造了环绕在乌鲁克城外围的城墙,以抵御外敌入侵。这座城墙外壁上的石头被打磨得光亮润泽,在太阳的照耀下,闪耀着青铜色的光辉。城墙的内壁洁净而整齐,摸起来十分光滑。环城之墙建造好之后,吉尔伽美什登上去,俯身仔细地察看地上所铺的基石是否牢固、结实。他又走近城墙,对着那些城砖瞧了瞧,看看它们是否被烈火淬炼(锤炼。淬,cuì)过。有了这座城墙,乌鲁克城变得焕然一新,所有的乌鲁克人似乎只记得吉尔伽美什,完全忘记了这座城的初建者——七位圣贤。

在这之后,吉尔伽美什又发出命令,要在城墙附近修建一座伊什妲尔神庙。伊什妲尔是天神阿努指定的乌鲁克城的守护女神,建造伊什妲尔神庙正是为了便于乌鲁克的子民们虔诚地供奉女神。这座神庙落成之后,从外面看起来,高大雄伟、金碧辉煌;踏进神庙的门槛以后,里面却古朴典雅,显得庄严而又壮丽。跟远近的大小城邦相比,这座神庙绝对是无可比拟的。

每当有其他城邦的人到访,一走进乌鲁克城,望着那雄伟壮观的城墙和美轮美奂(形容新屋高大美观,也形容装饰、布置等美好漂亮)的伊什妲尔神庙,都会不由自主地发出赞叹。而乌鲁克人民都会将右手的手掌伸出来,四指合拢在一起,指着王宫说道：

"这是我们伟大的国王吉尔伽美什命人建造的，我们的国王英武不凡，是天神降生。"

由于国内的称赞之声不绝于耳，吉尔伽美什开始变得虚荣和骄傲起来。起初的时候，但凡他走上街头，人们都会大开门窗，纷纷上前跪地迎接。可是后来，当他再到街上的时候，家家户户都门窗紧闭，大街上连一个人影都看不到。这是为什么呢？

原来，吉尔伽美什在大街上闲逛的时候，看见身强力壮的小伙子就让人抓回去当苦力，从来不考虑他家中是否有老母和妻儿；看到貌美的姑娘，他就抢回王宫做自己的王妃，不论她是武士的女儿，还是哪个英雄的未婚妻。不仅如此，吉尔伽美什还频繁制造恶作剧。他在乌鲁克城中心的广场上竖起了一面巨大的鼓，那面大鼓敲起来的时候在百里之外都能听到，有紧急情况发生时，敲响这面鼓就能将乌鲁克城内所有的武士召集起来。吉尔伽美什闲极无聊的时候，就敲这面鼓，看到武士们急急忙忙地赶来，他觉得相当有趣，便不能自已地哈哈大笑。而武士们知道他们的国王不过是拿他们取乐时，气得脸色青紫，但也无可奈何。

乌鲁克城的人民对他们先前称道不已的国王失望至极，他们无法相信眼前这个残忍无道的人竟然曾经建造了环城之墙和壮丽的神庙，他们无法相信这个暴虐的人，竟然是乌鲁克城的守护者。因此，他们纷纷来到伊什妲尔神庙祷告，向女神诉说他们的满腔怨愤：

天上的诸神啊！

为什么要创造出这强悍的野牛？

他不给父亲们保留儿子，

不给母亲们留下女儿。

日日夜夜，

他的残暴从不敛息。

他哪里是一个伟大的国王？

分明就是一个暴君！

诸神啊！

为什么要创造出这么一头野兽？！

恩奇都降世

乌鲁克城中的怨怒之声传到了天神阿努的耳中。阿努立刻召来女神阿鲁鲁，对她说：

"阿鲁鲁啊，众神在创造吉尔伽美什的时候实在是太不谨慎了，令他那样勇猛，竟然无人可以成为他的对手。现在我命你仿照他的样子，再去造一个跟他旗鼓相当的对手，让他们互相争斗以消耗他的精力，如此一来，乌鲁克城的百姓就能够获得安宁了。"

接到命令以后，阿鲁鲁在心中暗自思忖：应该创造一个什么样的形象，才能和吉尔伽美什相匹敌呢？她一边思索这个人的身躯与形貌，一边将手洗了一遍，然后将造人所用的泥巴取来，扔在地上。

没用太长时间，一个"人"就被创造出来了——浑身长满长毛、头发像女人一样长而卷曲。与其说他是人，不如说他更像是某种野兽，或者是什么怪物。阿鲁鲁又将战神尼努尔塔找来，让他赐予他无上的力气，如此一来，他就有了同吉尔伽美什相抗衡的能力。他们为这个新的生命赐名"恩奇都"，然后将他放置于乌鲁克城外的森林中。

恩奇都刚刚来到世上的时候，从未见过人类，也没有自己的家，对世间的事情更是闻所未闻。他不知道自己来自何处，又要到何处去，就连他身上所穿的那件动物皮毛做的衣服，都不知道是从哪里来的。恩奇都在森林里看到羚羊身上也长满了棕色的长毛，便以为自己和羚羊是同类，就和羚羊一起啃食地上的青草。他还同其他野兽一起，挤挤挨挨地趴在水塘边饮水。这样的生活使恩奇都觉得惬意极了。

森林中也并不是一直安宁的，猎人经常会在动物们饮水的水塘边设下圈套，抓捕各种猎物，企图用它们那光滑的皮毛制作一身华美的衣裳，拿到乌鲁克城卖上个不错的价钱。

这天，猎人又像以往那样来到水塘边察看陷阱中是否有收获。这一次，可把他吓坏了。他在水塘边竟然瞧见了一只浑身长满长毛的怪物！猎人从未见过这种"野兽"。当他呆呆地瞧着那头"野兽"的时候，那头"野兽"也抬头看着他，目光如

炬，吓得猎人浑身颤抖，连大气都不敢出，慢慢挪开脚步，然后飞一般地逃走了。

在接下来的两天，还是在那个水塘边，猎人又鬼使神差地迎面碰上恩奇都，然后两人各自东逃西窜。

猎人满脸忧愁，恐惧的情绪就像一片乌云笼罩了他的内心。他的父亲忍不住向他询问缘由：

"儿啊，你是不是在森林里碰到了什么棘手的野兽？"

猎人回答说："父亲啊，森林的深处来了一个十分强悍的怪物，他力气极大，终日游荡在山中，与野兽们一起吃草，还和它们一起在水塘边饮水。我费尽力气在森林中挖好的陷阱被他填平，我设置的套索也被他识破、扯掉。自从他出现以后，我几乎连一只野兽都捕不到了。"

听了儿子的诉说，父亲不由得微微一笑，心中早已有了一条妙计：

"我的儿啊，你难道忘记了吗？在那乌鲁克城中，还有一个天下无敌的吉尔伽美什，你只需要向他讨要一名女祭司，让女人的魅力来使这头有智慧的'野兽'完全屈服。"

猎人觉得父亲的计策十分妙，便马上动身前往乌鲁克城，向他们伟大的国王报告了他所遇到的怪事。吉尔伽美什从未听过这么奇特的事情，他连连拍手叫好，说道：

"去吧，我的猎人，我可以将伊什妲尔神庙最温柔、最美貌的神女祭司莎玛赫派去，与你一起回到森林，让她吸引那怪物。只要他与人类走得近，一定会为野兽们所不容。"

猎人带着女祭司一起返回森林深处，躲在了水塘边的树藤下，然后耐心地等待着怪物出现。一连等了两天，都没有看到怪物的身影。到了第三天的时候，所有的野兽都来到水塘边喝水，那个怪物也出现了。

莎玛赫偷偷一瞧，果然，那个浑身长毛、身材高大的怪物，正在啃着地上的青草，然后趴在水塘边喝水。她记起自己身上的使命——用美人计引诱这个怪物，让他学会爱，从而使他脱离现在所过的野性生活。莎玛赫轻轻地站起身走向怪物恩奇都，想要引起他的注意。

恩奇都从未见过如此漂亮的"动物"——她的容貌胜过森林里所有的动物，连长着五彩斑斓的羽毛的神鸟都不及她。她的魔力是那样的神奇，恩奇都的眼睛一刻都无法离开这个美丽的女人，他亦步亦趋（比喻自己没有主张，或为了讨好，每件事都效仿或依从别人，跟着人家行事）地跟随在莎玛赫的身后。就这样，他和莎玛赫共处了六天六夜，他感觉到了一种从未有过的快乐，他在森林中所有美好的经历加在一起都无法与此相提并论。

自此以后，怪物恩奇都惊讶地发现，森林中的那些动物再也不靠近他了。一看到他，它们就纷纷跑开，仿佛根本不认识他一样。他想追上去，但是突然发觉自己先前轻巧敏捷的身体一下子变得僵硬了，两条腿再也不似以前那样跑得飞快。

追不上那些野兽，恩奇都又返回莎玛赫的身边。但是，他突然觉得自己的头脑似乎比以前更具智慧了。

莎玛赫对她的爱人说：

"恩奇都，你是一个富有智慧和力气的人了，如同天神一

般,何必整天和野兽待在一起,在这荒野中虚度时光呢?跟我走吧,我将带你去那建造着环城之墙和伊什妲尔神庙的乌鲁克城中,城中有一个名叫吉尔伽美什的国王,他就像一头野牛一样统治着他的人民,他的力气跟你不相上下。"

恩奇都一听这个消息,满心欢喜,心想:

"这个世界上竟然还有一个和我一样强壮的人!"

于是他对莎玛赫说:

"走吧,我都听你的!带我去看一看乌鲁克城,然后再去见见那头'野牛',我要向他挑战,看看我们俩谁更胜一筹。我要站在乌鲁克的城墙上大声呼喊'我是这个世界上最强大的'。我要让所有人知道,出生在原野上的人,是不可战胜的。"

莎玛赫见他这样踌躇满志(形容对自己的现状或取得的成就非常得意。踌躇,chóu chú),便继续鼓动他:

"快跟我走吧,恩奇都,我带你进入那高墙之内,到那热闹的人群之中。你将在乌鲁克城看见年轻英俊的小伙子,还有跟我一样充满魅力的神祭。大街上车水马龙,人流涌动,你肯定会看得眼花缭乱的。"

"在那里,你还能见到那个快活的好汉吉尔伽美什。你得瞧瞧他那英武不凡的仪表、大丈夫的气度,以及饱满的精气神。他全身上下的每一个毛孔都散发着男子汉的魅力。事实上,他比你更强健,他能够整日整夜地不眠不休。"

恩奇都听莎玛赫这样说,心中不服,脸庞上也不由得现出一丝不悦。莎玛赫劝解道:

"喂,恩奇都,快把你的傲慢丢掉!你要知道,吉尔伽美什不但拥有强健的身躯,还有无尽的智慧。不过你也不必生气,说不定他此刻已经在那高墙之内做着梦与你相见了呢!"

流星与神斧之梦

神祭莎玛赫的一句话竟成了谶语(迷信的人指事后应验的话。谶,chèn)。此时此刻,吉尔伽美什刚刚从自己的王榻上醒来,他揉了揉惺忪的睡眼,回想着夜里所做的那个奇特的梦,他急不可耐地要将这个梦告诉自己的母亲:

"母亲啊,我昨天晚上做了一个奇特的梦,我在梦中心情很不错,昂首挺胸地大步向前走着。夜晚的天空群星闪烁,有一颗星星忽然坠落下来,仿佛是天神阿努为我降下来的精灵。我竭尽全力想高高举起这颗星星,但它实在是太重了,想要挪动它根本难以实现。整个乌鲁克城的百姓全部来帮我,将它重重围住,英雄们弯下腰亲吻它。我又试着用头把它顶起来,在众人的相助之下,我终于做到了。我顶着这颗星星,将它带到您的面前。这个梦真的太奇怪了,您说是不是?"

听完儿子的讲述之后,宁孙女神轻轻地抚摩着儿子的头,为他揭示了梦中所隐含的真相:

"我的孩子啊,事实上,从天而降的那个精灵是一个跟你一样的人啊!他在原野上降生,在深山里长大成人,如果有一天你碰到了他,你会兴奋至极的。英雄们会对他十分赞赏,你也会迫不及待地拥抱他,将他带来介绍给我认识。"

听母亲如此说,吉尔伽美什这才放心地回到自己的寝宫

睡下。刚刚躺在床上，他又昏昏沉沉地睡着了。他又做了一个梦，梦醒之后，他回顾着梦中的情景，再一次找到自己的母亲，将梦中所见的情景讲给她听：

"母亲，昨晚我回到寝宫以后又做了一个怪异的梦。我梦见，一柄样子奇怪的斧头出现在乌鲁克城的中心广场上，众人将它围得水泄不通，我挤进去一瞧，这把斧头仿佛是某种神物变成的，充满了魔力。我看着它竟然不由得心花怒放起来，就像我爱上某一个美丽的少女一般。我俯下身去，小心翼翼地捧起它，将它带到您的面前。"

通晓一切的宁孙女神和蔼地对自己的儿子解释道：

"斧子象征着力气，你的这个梦预示着你将有一位跟你一样拥有神力的朋友了！"

当母子俩正在谈论梦境的寓意时，森林深处的恩奇都正与他的爱人一起，准备打点行装，来到热闹的乌鲁克城。

但是，恩奇都身无长物（指除自身外再没有多余的东西，形容贫穷），甚至连一件像样的衣服都没有。莎玛赫将自己的裙子扯下一截，披在他的身上，然后温柔地拉着他的手，就像一位母亲带着自己那没见过世面的孩子，走向了森林之外。

森林的边缘生活着许多牧羊人。牧人们早就听说过浑身长满长毛、力大无穷的恩奇都，但见到他本人时，还是猝不及防地打了一个哆嗦。当人们看见恩奇都的身边站着莎玛赫时，这才稍稍地放下心来。

那个时候，牧人们正准备吃午餐，餐桌上满满地摆着刚烤熟的羊肉和装满了美酒的酒壶。牧人们示意两位客人跟他们一起吃饭,但是恩奇都呆呆地站在那里,直盯着桌上的美味不知道该如何是好。恩奇都自降生以来就是喝动物的乳汁,从来没有见过美酒与熟肉。他不知道那些是吃的、喝的,更不知道应该怎么吃、怎么喝。

这时,莎玛赫指着桌上的食物,对他说:

"吃吧,人类通常都是吃这些食物的! 看,这是熟羊肉,这是酒……"

恩奇都拿起肉吃了,这种味道他从来没有尝过,味道还不错。经过莎玛赫的鼓励,他又端起一杯烈酒喝下。在酒精的作用下,恩奇都觉得内心振奋,脸上露出了会心的笑容。等到喝下第七杯酒的时候,恩奇都觉得脸上仿佛火烧一般,他将动物的油脂抹在自己的头发上,使他那蓬松的鬈发变得光亮顺滑。他又换上了牧羊人赠送的衣裳,莎玛赫帮助他穿戴整齐,经过一番收拾,他仿佛一位新郎一样容光焕发。

没过多久,恩奇都就适应了牧羊人的生活。为了感谢牧人们的款待,让他们可以在夜晚睡个好觉,他手持兵器,捕捉了一匹前来偷袭羊群的狼,甚至还捉到了一头雄狮。从此之后,这些猛兽再也不敢来骚扰圈养的羊群,恩奇都成了牧人首领的绝佳帮手。

"嘿! 他真是勇猛无敌啊! "

"不,他简直应该说是英雄盖世! "

牧人们对他赞不绝口。很快地,恩奇都的美名就传到了乌鲁克城的高墙之内,乌鲁克城的人们对他热烈地讨论起来,纷纷称赞他是盖世英雄。

有一天，莎玛赫正站在帐篷外等待恩奇都放牧归来，恰好看到一名男子急急忙忙地来到牧人的帐篷前。莎玛赫问那名男子：

"您为什么这样行色匆匆，辛苦奔波？"

那名男子并不回答，而是开口问道：

"大英雄恩奇都现在何处？我请求一见。"

恩奇都此时正好返回帐篷，听到陌生的男子正在找寻他，心中不免疑惑重重。

他询问了这名陌生男子的名字，并问他为什么会如此慌张地出现在这里。

男子向恩奇都细说了自己此行的缘由：

"我从遥远的乌鲁克城赶来，专门来向您请求帮助。您听说了吗？我们的国王吉尔伽美什将一面大鼓竖立在城中央的广场上，每一次他将这面鼓敲响的时候，人们就得为他送来一位女子，不管这位女子是否嫁人。他要做未婚少女的第一任丈夫，他还要将别人娇美的妻子也抢走。"

听完男子的话，恩奇都气得脸都青紫了，牙齿之间发出"咯吱、咯吱"的声音，全身的毛发都竖了起来。他恨不得马上飞到乌鲁克城去，将这个暴虐的国王狠狠地教训一顿。

于是，恩奇都和莎玛赫简单地打点了一下行装，就朝着乌鲁克城的方向走去。

吉尔伽美什与恩奇都之战

恩奇都大步流星地走向乌鲁克城，莎玛赫和前来求见的男子则紧紧地跟随在他的身后。恩奇都穿过了雄伟的高墙，经过了美轮美奂的伊什妲尔神庙，但是他根本无心驻足欣赏这些壮美的建筑。

很快地，他便来到了乌鲁克城中央的广场上。他刚刚走上广场的石阶，乌鲁克城的百姓便将他团团围在中央，从上到下不住地打量他，并且连连称赞起来：

"这个人竟然长得跟吉尔伽美什一模一样，虽然个头儿稍微矮了些，但看起来更加强壮有力。"

"听说他之前是在森林中长大的，一向喝的是野兽的乳汁。"

失去女儿的父亲们、失去妻子的丈夫们，全都无比激动：

"现在英雄恩奇都抵达此地，他要与那个天生神力的吉尔伽美什一决高下，从此乌鲁克城将充满刀光剑影。"

恩奇都被安置于伊什妲尔神庙中，因为那些被强夺而来的女人也要在这里等候着国王的驾临。

当夜幕降临的时候，吉尔伽美什像以往那样，昂首阔步地走了进来。趁吉尔伽美什不留神的时候，恩奇都一下子跳了出来，出现在他的面前，将他的去路挡住了。吉尔伽美什毫无防备，被吓了一大跳。

还从未有人敢这样无礼地对待自己！吉尔伽美什怒火中烧，眼睛里闪着愤怒的火花，吓得身边的随从不停地往后退，

16

而恩奇都却毫无惧色,伸直腿挡在神庙的门口,不让吉尔伽美什往里面走。吉尔伽美什怒不可遏,他一把揪住恩奇都的衣领,将他的头往地上摔去。恩奇都灵巧地躲闪,反身抡起拳头朝国王打去……

两个人就这样狠狠地扭打在一起,仿佛两头顶角的牦牛,时进时退,难以分出胜负。他俩有时将庙门撞坏,有时又将墙壁撞塌,但还是互不相让,直打得浑身汗水湿透,精疲力竭。两人都不禁在心里对对方产生了一丝敬意,心中暗自思忖道:他竟然这样勇武有力!

吉尔伽美什大口大口地喘着粗气,首先请求停战。此时,他先前的怒气已经完全消退。

恩奇都见了,马上休战,靠在墙壁上休息,并且感慨地说道:

"人人都说你是一头野牛,我看你确实是所有野牛中最强悍的那头!我听人说你是女神宁孙的儿子,众神赋予了你无穷的力量与智慧,让你来做这乌鲁克城的国王。真是相见恨晚啊!"

听了对手的这番话,吉尔伽美什不禁有些动容,他忽然想起自己曾经做过的那两个梦。眼前的这个人,不正是自己梦中的流星与神斧吗?这难道就是母亲所说的他的来自森林深处的伙伴吗?

想到这里,吉尔伽美什猛然站起身来,就像好兄弟一样,一把拥抱住恩奇都:

"嘿,原来,你就是天神赐予我的伙伴啊!"

国王的神勇也使恩奇都深深折服,同时他也由衷地觉得,

只有眼前这个人才是自己的同类，只有眼前这个人才配与自己做朋友。

吉尔伽美什带着恩奇都回到了王宫，将他带到了母亲宁孙的面前。宁孙一见儿子带着一个相貌与他十分相似的陌生人回来，便一下子明白了，她开口对吉尔伽美什说道：

"我的儿子，你梦中的流星与神斧正是他啊！他是天神的使者，将成为你的左膀右臂和终生的挚友。"

在女神宁孙的见证下，两个人结拜为兄弟，从此朝夕相处，形影不离。

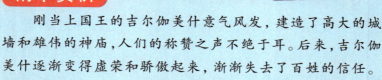

精华赏析

　　刚当上国王的吉尔伽美什意气风发，建造了高大的城墙和雄伟的神庙，人们的称赞之声不绝于耳。后来，吉尔伽美什逐渐变得虚荣和骄傲起来，渐渐失去了百姓的信任。"虚心使人进步，骄傲使人落后。"无论取得怎样的成绩，我们都不能骄傲自满，而是应该保持谦虚的心，继续努力奋斗，这样才能在成功之路上走得更远。

印度神话

帝释天屠龙记

帝释天，也叫"因陀罗"，是印度神话中著名的天神之一。帝释天凭借手中一把神奇的巨锤，开天辟地，创造宇宙。他英勇无比，武艺高强，杀死恶龙，除掉巨人，战胜了人类所有的敌人。

帝释天掌管雷雨，负责向干旱的大地供应雨露，因此被称为"雷神"。万物生长离不开雨露的滋养，由于帝释天的护佑，农作物年年获得丰收。因此，他又被赋予"丰产之神"的美誉。

关于帝释天的传说有很多，其中最为精彩的就是他战胜旱魔的故事。

有一年夏天，骄阳似火，酷热难耐，大地干旱，河流干涸。由于缺乏雨水的浇灌，农作物枯死绝收，人类面临着可怕的饥荒。因为食物奇缺，人们软弱无力，在极度炎热的气候中束手无策，只能眼巴巴地渴望天降甘霖，以缓解旱情，解救生命。

正当人们处于绝望之中的时候，天空中突然乌云密布，狂风怒吼，继而电闪雷鸣，大雨倾盆。山上的雨水汇成溪流，小溪汇成洪流，从山上滚滚而下，流到地上，注入江河，河水暴涨。有了充足的雨水，干枯的牧场很快就长出了青草，到处都是绿油油的，十分美丽。不仅牧场水草丰盛，农田里金黄的谷穗也被压弯了腰，到处呈现一派丰收的景象。

后来人们才知道，原来是雷神帝释天战胜了旱魔，大地才获得了丰收。

传说帝释天神勇无比，不费吹灰之力就打了一个大胜仗。他的手下败将不是别人，正是给人间带来灾难的旱魔。这个恶魔原本是一条巨龙，蛮横无理，称霸一方。他占山为王，筑造城堡，关押了天上的"云牛"。

面对旱魔造成的灾难，人类恳请万能的天神拯救他们：

谁 能 把 我 们 怜 悯？
谁 能 把 我 们 解 救？
谁 能 帮 我 们 脱 苦？
万 能 的 天 神 们 啊！
全 靠 你 们 发 慈 悲，
都 靠 你 们 来 解 救。
我 们 心 儿 像 小 鸟，
直 奔 你 们 展 翅 飞。

帝释天听到人类的祈祷，马上自告奋勇，挺身而出，表示愿为人类而战。他一把抓起天神们的酒瓶，痛痛快快地喝上一大口醉人的琼浆，然后他又拿起了雷石。年轻的侍从马鲁特兄弟把他心爱的两匹栗色马拴在他的金车上。

帝释天神奇无比，天生就是天国、人间和阴间的三界之王。他的功绩万人称颂，因为造出空气的是他，给人们力量的也是他。就连威风凛凛的天神们都尊敬他的为人，服从他的命令。他象征着永恒，象征着不朽。

他的侍从马鲁特兄弟是暴风骤雨和雷的神灵。他们的车子前面各拴着两头斑鹿和一头脚步飞快、从不疲倦的红鹿。他们兄弟二人身材高大，体魄强健，而且非常英勇。他们头戴金盔，胸挂金甲，身穿皮衣，双臂双脚佩戴金镯。

马鲁特兄弟总是携带弓箭、斧头和闪闪发光的长矛。他们常常会带着"闪电矛"勇猛而来，他们也常常劈开"云岩"，汇聚雨水，降到地上。

帝释天驾着马车去袭击旱魔时，马鲁特兄弟就紧紧地跟在他后面飞奔，而且还大喊大叫。他们兄弟俩降下一阵骤雨，然后向被关押的"云牛"们冲去，继而追赶它们。旱魔看到帝释天来临，大吼一声。这吼声震动天国，诸神落荒而逃。

大地女神对自己的孩子帝释天忧心忡忡。然而帝释天毫不畏惧，带领大声吼叫的马鲁特兄弟，勇敢地向前冲。他被祭司们的赞歌所鼓舞，他喝过天国的琼浆，他从人类祭品中获得力量，他挥动着自己的雷石。

旱魔不自量力，满以为自己刀枪不入，谁都不能伤害他。然而帝释天抛出他的武器，没打几个回合，就杀死了恶龙。顷刻间雨水从天空降落，大地得到了久违的滋养。不久洪水暴发，把龙的尸体冲进永远黑暗的大海里。

大地上崇敬天神的人个个喜笑颜开，祭司唱出一首歌颂帝释天的赞歌：

劳苦功高帝释天，让我歌颂乐开颜！
使用雷石斗旱魔，大战恶龙真勇敢。
天国工匠造妙器，妖龙死于帝释天。
雨露及时地降下，山溪汇聚成甘泉。
山洪犹如牛群吼，滚滚向海流不断。
恶龙尸体入洪流，山洪汹涌冲向前。
恶龙葬身巨浪里，流到大海进深渊。
战胜旱魔功劳大，雨水降落万物欢。

精华赏析

在远古神话中，人类的主要敌人就是大自然的各种灾害。由于人类的力量有限，而大自然的威力又巨大无比，所以人类就幻想有一种神奇的力量，能够超越自然而存在，人类只要向他祈祷，对他感恩，他就会仁慈而无私地帮助人类。本篇中的帝释天就是这样一种神，人类对他的赞美和崇拜表达了人们对风调雨顺年景的向往和对战胜自然、自己掌握命运的强烈愿望。

日本神话

桃太郎

如果你相信我就会知道，在过去，神仙不像如今这样不露真容。野兽也通晓人语，符咒、妖术和魔法在世间随处可见，遍地的珍宝等着人们挖掘，很多奇异的事物等待人们去探索。

从前，有一个老公公和一个老婆婆离群索居（离开同伴而过孤独的生活）。他们非常善良却十分贫穷，没有孩子。

一个阳光明媚的日子，老婆婆问："老头子，你今早有什么打算啊？"

"哦，"老公公回答，"我打算带着我的砍刀上山砍柴，好用来生火。你有什么打算呢，老太婆？"

"哦，我要去河边洗衣服，今天是洗衣服的日子。"老婆婆说。

于是，老公公上了山，老婆婆则去了河边。

就在老婆婆浣衣的时候，她看见一个熟透了的桃子顺着河水漂过来，桃子通体红润，个头儿非常大。

"今早真走运呀。"老婆婆说，然后用劈开的竹竿把桃子拉到了岸上。

等到老公公下山回家，她把桃子放到他面前。

"老头子，快吃了吧，"她说，"这是我在小河里发现的幸运

23

桃子，专门带回来给你吃的。"

可是老公公没能尝到一口桃子。这是为什么呢？

因为突然间，桃子裂成了两半，里面没有桃核，却有一个相貌漂亮的男婴。

"我的天哪！"老婆婆说。

"我的天哪！"老公公说。

婴孩先是吃掉了桃子的一半，然后又吃光了另一半。

吃完后，他变得更俊俏、更结实了。

"桃太郎！桃太郎！"老公公叫道，"桃子的大儿子。"

"名副其实，"老婆婆很赞同，"他是从桃子中诞生的。"

两位老人精心地抚养桃太郎，很快，他就成了当地最强壮、最勇敢的男孩子。老两口都以他为荣。邻居们都交口称赞："桃太郎是个好小伙儿！"

"母亲，"有一天，桃太郎对老婆婆说，"给我多做些糯米团子吧。"

"为什么要那么多糯米团子呢？"母亲问。

"因为呀，"桃太郎说，"我想出趟远门，去探险，我在路上需要吃糯米团子。"

"你想去哪儿呢，桃太郎？"母亲问。

"我想去魔岛，"桃太郎说，"去寻找宝藏，您要是能尽快做好很多糯米团子就太好啦。"他说。

于是老两口便为他准备了许多糯米团子，他把它们装在一个袋子里，系在腰间，然后就出发了。

"再见，祝你好运，桃太郎！"老公公和老婆婆向他告别。

“再见！再见！”桃太郎喊道。

他没走多远便遇上了一只猴子。

“吱吱！吱吱！”猴子叫道，“你到哪儿去啊，桃太郎？”

桃太郎回答：“我去魔岛探险。”

“你腰带上挂的小袋子里装的是什么？”

“这你可问着了，”桃太郎回答，“我这里装着全日本最好吃的糯米团子。”

“请给我一个吧，”猴子说，“我会跟你一起走。”

于是桃太郎给了猴子一个糯米团子，他们一起上路了。没走多远又碰到一只雉鸡(一种鸟，外形像鸡，雄的尾巴长，羽毛美丽，多为赤铜色或深绿色，有光泽；雌的尾巴稍短，灰褐色。善走，不能久飞。通称野鸡，有的地区叫山鸡。雉，zhì)。

“咕咕！咕咕！”雉鸡叫道，“你往哪儿去呀，桃太郎？”

桃太郎回答：“我去魔岛探险。”

“那么你的袋子里装着什么呢，桃太郎？”

“装着全日本最好吃的糯米团子。”

“给我一个吧，”雉鸡说，“我会跟你一起去。”

桃太郎又给了雉鸡一个糯米团子，现在他有两个伙伴同行了。

他们没走多远便遇上了一只狗。

“汪！汪！汪！”狗叫道，“你要去哪儿，桃太郎？”

桃太郎回答：“去魔岛。”

“你的袋子里装着什么啊，桃太郎？”

“全日本最好吃的糯米团子。”

"请给我一个，"狗说，"我就跟你一起去。"

桃太郎便给了狗一个糯米团子，四个伙伴一起上路了。

他们走呀走，终于到了魔岛。魔岛上住着许多食人魔，他们无恶不作，附近的人都痛恨他们，希望有人能打败这些恶魔。

为了消灭这些可恶的魔鬼，桃太郎制订了周密的计划。"好了，伙伴们，"桃太郎说，"听听我的计划。雉鸡先飞过城堡的大门啄食人魔；猴子爬过城墙，狠狠挠他们；狗和我一起砸碎门锁和门闩。狗去咬食人魔时，我便与他们打斗。"

激烈的战斗开始了。

雉鸡飞过了城堡的大门："咕咕！咕咕！咕咕！"

猴子爬过了城墙："吱吱！吱吱！吱吱！"

桃太郎砸碎门锁和门闩，狗与他一起跳进城堡的庭院："汪！汪！汪！"

勇敢的伙伴们和食人魔一直战斗到日落，终于大获全胜。他们用绳子把抓获的妖魔捆了起来，还真抓了不少。

"现在，伙伴们，"桃太郎说，"把食人魔的财宝拿出来吧。"

伙伴们取来了财宝。

这里真的有数不清的宝贝。有魔法宝石、隐形帽与隐形衣、金银、翡翠、珊瑚，还有琥珀、玳瑁（dài mào，爬行动物，外形像龟，四肢呈桨状，前肢稍长，尾短小，甲壳黄褐色，有黑斑，很光润，性暴烈，吃鱼、软体动物、海藻等，生活在热带和亚热带海中。这里特指玳瑁的背甲）和珍珠母。

"财宝大家一起分享。"桃太郎说，"伙伴们，挑选你们喜欢的带走吧。"

"吱吱！吱吱！"猴子叫道，"谢谢，我亲爱的桃太郎大人！"

"咕咕！咕咕！"雄鸡叫道，"谢谢，我亲爱的桃太郎大人！"

"汪！汪！汪！"狗叫道，"谢谢，我亲爱的桃太郎大人！"

鲁莽的须佐之男

诸神之父伊邪那岐去黄泉国寻找自己的妻子伊邪那美失败，回到自己的国家时，来到一条清澈的河流岸边休息，为了祛除不洁，就下河去洗了个澡。

伊邪那岐在上游洗澡时说："这里的水流太湍急了。"

于是，他换到下游来洗，但又说："这里的水流太缓了。"

最后，他是在河流中段洗的澡。水珠顺着他俊美的面庞滴落下来，三位尊贵的神灵由此诞生，分别是天界的太阳女神——天照大神、月夜统治者——月夜见尊，以及海神——鲁莽的须佐之男。

伊邪那岐一下子开心起来，说："看，这三个尊贵的神都是我的孩子，他们将永葆杰出。"

他顺势从脖子上取下一大串珠宝，赐予太阳女神天照大神，并对她说："我让尊贵的你来掌管高天原，要让它每天散发着光彩。"于是，天照大神接过珠宝，把它们藏入了神灵的宝库里。

诸神之父对月夜见尊说："我让尊贵的你来掌管夜之食原。"如今，夜之食原便由这位面容俊美动人的青年统治着。

面对那位最小的神灵海神须佐之男，尊贵的伊邪那岐把

沧海之原分封给他。

从此，天照大神掌管着白天，月夜见尊温柔地统治着黑夜。但鲁莽的须佐之男并不满意，他从大地上飞升起来，大哭着说："哦，我真可怜，将要永远住在冰冷的大海中！"他不停地哭泣，把山谷间的露水也化为眼泪，弄得绿草枯萎，溪流干涸。恶灵日益滋生，挤满大地，如五月里的苍蝇一样嗡嗡作响，到处都是不祥之兆。

于是，他的父亲走过来，站在他身边严肃地说："我看见的是什么？听见的又是什么？你为何不按我的命令去统治疆域，却像个孩子一样，满脸是泪，还哭喊着躺在这里？回答我。"

鲁莽的须佐之男回答说："我之所以哭泣，是因为心里悲伤，不再爱这个地方了。我要到母亲掌管的遥远的阴间去，她是黄泉国之后。"

伊邪那岐生气了，下令流放了他，令他离开这里，永世不得回来。

鲁莽的须佐之男回答说："就这样吧。但我在离开前，要先飞到高天原，向我尊贵的天照大神姐姐道别。"

于是，伴随一声巨响，他飞速前往高天原。山脉全都随之摇晃，大地震动起来。

天照大神在目睹他降临的阵势后颤抖着说："我尊贵的弟弟来了。他没安什么好心，只是为了抢夺我的财产。他就是冲着这个目的，入侵了高天原的堡垒。"

天照大神立马分开了垂在肩上的华贵头发，束成左右两股，又佩戴上珠宝。她装备得像年轻武士一样，还背了一把巨弦弓和一千五百支箭。她手上挥着武器，全副武装，踏过大地，扬起了飞雪般的尘土。她来到天界的天安河岸边，如壮士般英勇地站着，等待弟弟的到来。

鲁莽的须佐之男站在远方的河岸上说："我亲爱的姐姐，尊敬的天照大神，你为何全副武装地迎接我？"

她回答说："我可没有全副武装。不过你是从哪儿飞到这里的？"

须佐之男答道："我想去黄泉国，父亲便下令流放了我。我飞到这里，是为了向你告别。我没有任何恶意。"

而天照大神瞪着眼睛对他说："请你发誓。"

须佐之男先以身上佩带的十拳剑起誓，又以天照大神的珠宝起誓。随后，她允许他穿过了天安河，又跨过浮桥。于是，鲁莽的须佐之男进入了姐姐天照大神的领地。

但是，须佐之男性格不羁，总惹是生非。他先是肆意破坏天照大神的沃土，又糟蹋了她已插上秧苗、划好垄埂的稻田，还把沟渠都填满了。但天照大神并没有责骂他，只是说："在我尊贵的弟弟眼里，这片土地可不能被沟渠和田埂荒废了，每个角落都要插上秧苗。"尽管她好言好语，鲁莽的须佐之男仍然继续行恶，变得越发暴戾。

一天，天照大神和她的侍女正坐在高天原的纺织堂，看着织女纺着神灵的华美衣袍。这时，须佐之男在纺织堂的屋顶上砸开了一个大裂口，放出一匹天界的花斑马。惊恐的马儿在纺车和织女间四处乱窜，大肆破坏。一切变得混乱不堪，十分可怕。一片推搡中，天照大神被金梭子伤到了。她大哭一

声，逃出了高天原，藏到了一个岩洞里，又推来一块岩石，堵住了洞口。

随即，高天原陷入了黑暗之中，苇原中国也变得漆黑一片，不见天日。神灵在大地上行走时发出的声音好似五月的蝇虫声，到处都是不祥之兆。八百万诸神和另一群神灵在天安河原集合，商谈处置方法。

在尊贵的思兼神的指导下，他们召来长夜里的常鸣鸟，还要求锻冶匠天津麻罗打造了一面亮白的金属镜，又让玉祖命把几百块月牙形的玉石穿在了一起。他们用天香山上一头牡鹿的肩胛骨进行占卜，又拔起一棵生着五百根树枝的真贤木，把玉石和镜子挂在树枝上。他们在低矮的树枝上摆满供品，挂满蓝色和白色的布条，然后把树栽在天照大神藏身的岩洞前。鸟儿聚在一起唱起歌来。

一位著名的神女来到岩洞前，翩翩起舞。她的舞姿优雅精湛，在苇原中国和高天原无人能敌。她身边悬挂着一个由天香山上的苔藓做成的花环，头上缚着黄杨树叶和金银花朵，手中还拿着一束绿竹叶。她像着了魔似的在岩洞口跳舞，无论是在天界还是人间都没有这样的舞蹈。这舞姿比在风中摇曳的松树和海中翻滚的浪涛还要优美，连高天原上的飞云都难以媲美。大地震颤，高天原撼动，八百万诸神齐声大笑。

此时，天照大神正躺在岩洞里。一缕缕光束照在她美丽的身躯上，让她看起来宛若美玉。岩洞地上的一个水洼泛起微光，墙上的污泥闪耀着各种色泽，幼小的岩生植物在罕见的酷暑中茁壮生长。天照大神原本躺在阴凉处睡觉，在听到常

鸣鸟的吟唱后就醒了过来,她起身把头发甩到肩后,说道:"唉,这些在长夜里歌唱的可怜鸟儿啊!"随后,天照大神感到了高天原的震动,又听见了八百万诸神的齐声大笑。她起身走到岩洞口,稍稍挪开大石块,看见一束光线正落在跳舞的神女身上。她身着盛装,站在光线中,气喘吁吁。其他神灵仍身处幽暗,面面相觑(你看我,我看你,形容大家因惊惧或不知所措而互相望着,都不说话。觑,qù),纹丝不动。见此情景,天照大神说:"看来,正因为我藏在高天原的角落,苇原中国才变得一片黑暗。为何要神女这样跳舞,还戴着花环和头饰?为何八百万诸神要齐声大笑呢?"

跳舞的神女回答说:"哦,尊敬的天照大神,神灵们多高兴啊!他们看见神女披戴着花朵,便叫喊起来。大家这样高兴,是因为有位神女比尊敬的您还要出色。"

天照大神听罢便暴怒起来,用长袖遮着脸,好让神灵们看不到她在哭泣。可是,泪水还是像流星一样滑落下来。天界的青年站在真贤木边,树上悬挂着锻冶匠天津麻罗打造的镜子。他们喊道:"夫人,请看天界的新一代神女!"

天照大神说:"我是不会看她一眼的。"

话虽如此,她还是挪开了掩面的袖子,望向镜子。她看着看着,不禁被跳舞者的美貌所吸引,便从岩洞里走了出来。顿时,黑暗的高天原重见光明,地上的稻穗开始摇曳,野樱树绽开花朵。所有神灵手牵手围成一圈,环绕着天照大神,岩洞口被堵上了。

跳舞的神女大喊:"哦,尊贵的夫人,怎么会有任何一位神灵能比过您呢,天照大神?"

于是,他们满心欢喜地载着天照大神回去了。

而敏捷、勇敢又鲁莽的须佐之男,也就是长发飘飘、心中不悦的海神,由于受到各位神灵的指控,要在天安河原受审了。神灵们商量后,决定以重刑处罚他。他们剃去了令他骄傲的漂亮头发,又把他永远地驱逐到天界之外。

须佐之男经由浮桥回到大地,心中十分苦闷,好几天都处于绝望之中,不知该往哪里去。他走过美丽的稻田和贫瘠的荒原,都无心留意,最后来到了出云国的肥河边歇脚。

他坐在那儿,心情低落,双手抱头,望着河水,看见一根筷子漂浮在河面上。鲁莽的须佐之男立马站起来说:"上游有人家。"他便沿着河岸往上游走,想要找到那些人家。

没走多远,他就看见一个老人正坐在河边的芦苇和柳树边,痛苦地哭泣哀叹。一个庄重美丽、好似天神的女人正陪在他身边,但她迷人的眼睛因泪水而失了神。她不停地悲叹,拧着双手。在这两人中间,有一位身姿瘦削优美的年轻姑娘。但须佐之男看不清她的面容,因为她脸上蒙着一层纱。她不时挪动着身子,似乎因恐惧而颤抖着,看上去像是在哀求老人,又像是在拉扯女人的袖子。但最后,两人依然悲伤地摇了摇头,继续哀叹着。

须佐之男满心好奇,走上前去问老人:"你是谁?"

老人答道:"我是山中的土地神,正在哭泣的这位是我的妻子,这孩子是我最小的女儿。"

须佐之男又问他:"你们为何哭泣哀叹?"

老人回答："你知道吗,先生? 我是很有名的土地神,生了八个漂亮的女儿。但这片土地已被恐怖笼罩,因为一个叫作八岐大蛇的怪物每年此时都会来这里作祟,以吞食年轻少女为乐。七年来,我的七个孩子都被它吃了,而如今,我最小的女儿也将遭遇不测。这就是我们在这儿哭泣的原因,尊敬的先生。"

听罢,鲁莽的须佐之男问:"那怪物长什么样?"

土地神回答说:"它凶残的眼睛血红如酸浆果,身上不仅长了八颗脑袋和八条披着鳞甲的尾巴,还披挂着苔藓、枞木(一种常绿乔木,又叫冷杉。果实呈椭圆形,暗紫色。木材可制作器具,又可作建筑材料。枞,cōng)和柳杉,它穿行于八个峡谷和八座大山间。"

鲁莽的须佐之男喊道:"大人,把你的女儿许配给我吧,我会帮你对付八岐大蛇。"

土地神看着强壮俊美、容光焕发的须佐之男,便明白他是一位神灵。

于是,他回答说:"能把她托付给您,我深感荣幸。但是,请问您尊姓大名?"

须佐之男说:"我是海神须佐之男,被天界流放至此。"

土地神和他美丽的妻子说:"好吧,尊敬的大人,把我们的小女儿带走吧。"

须佐之男立刻掀起姑娘的面纱,看见她的脸庞苍白得好似冬夜之月。他抚摩着她的前额说:"亲爱的美人,亲爱的美人……"

姑娘站着，脸上泛起淡淡的绯红。只消须佐之男的眼神就足以让她害羞了。须佐之男又说道："亲爱的美人，我们未来的日子将充满快乐。现在就别犹豫了。"

他把姑娘变成了一顶皇冠，雄赳赳地戴在头上。他指导着土地神，与他一起反复酿造八次，制成了清酒，倒入八个桶中待用。一切准备就绪后，他们便开始等待。不多时传来一声好似地震的巨响，山脉和山谷都随之震颤。大蛇爬了过来，看起来巨大而丑陋，吓得土地神都遮住了脸。但鲁莽的须佐之男紧盯着大蛇，抽出了宝剑。

此时，八岐大蛇立马把八颗脑袋分别探到每一个酒桶里，畅饮起来。不一会儿，大蛇就喝醉了，垂下脑袋睡着了。

须佐之男见状，挥起十拳剑，跳到怪物身上，猛砍八剑，砍下了它的八颗脑袋。八剑下去，大蛇被杀死了，流淌的肥河水也被大蛇的血染红了。须佐之男又开始砍大蛇的尾巴，但在砍到第四条尾巴时，宝剑被弹了回来。他用剑尖将尾巴剖开，发现里面有一把镶着宝石的大刀，刀刃锋利，似是连铁匠都难以锻造。他拿走大刀，献给了他尊贵的姐姐天照大神。这把刀就是草薙剑（又叫"天丛云剑"，是日本皇室自神代以来就流传的"三神器"之一。薙，tì）。

后来，鲁莽的须佐之男在须贺造了一座宫殿，和新娘住在了一起。天庭中的云朵如幕帘般围绕着宫殿，须佐之男唱起了这支歌：

云气缭绕生，

翻涌成阑干，
夫妻居其中。
哦，翻涌成阑干……

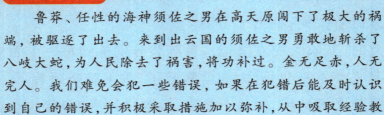

精华赏析

　　鲁莽、任性的海神须佐之男在高天原闯下了极大的祸端，被驱逐了出去。来到出云国的须佐之男勇敢地斩杀了八岐大蛇，为人民除去了祸害，将功补过。金无足赤，人无完人。我们难免会犯一些错误，如果在犯错后能及时认识到自己的错误，并积极采取措施加以弥补，从中吸取经验教训，那么下次就能做得更好。

欧洲神话与传说故事

希腊神话

普罗米修斯

天和地被创造出来，海水起伏波动，鱼儿在海水里嬉游，群鸟在空中飞翔歌唱，地面上挤满各种动物。但还没有诞生那种有灵魂并能统治世间的高级生物。

这时，普罗米修斯踏上了大地，他的父亲是伊阿珀托斯，伊阿珀托斯是大地女神该亚与天空之神乌拉诺斯所生的儿子。普罗米修斯清楚地知道，上天的种子就蛰伏在泥土里。于是他掘了些泥土，然后按照世界的主宰——神明的形象揉捏成一个形体。为了让这个形体获得生命，他从各种动物的心里取来善与恶的特性，再把这些特性封闭在泥人的胸中。智慧女神雅典娜是他的朋友，她很欣赏这个提坦（希腊神话中曾统治世界的古老神族，大地女神该亚和天空之神乌拉诺斯的十二个子女）之子的创造，便把神明的呼吸吹进这仅有半个生命的泥人心里。

这样，就产生了最初的人。不久他们便四处繁衍，布满了大地。但是他们在很长的时间里都不知道如何使用他们高贵的四肢和神赐的精神。他们视而不见，听而不闻。他们像梦中的人形一样四处奔走，不知道如何利用世间万物。他们所

37

做的一切都杂乱无章，毫无计划。

于是普罗米修斯便来照料他们。他教他们观察星辰的升降，他发明了计算的方法，创造了文字。他教他们利用牲口来帮助人劳动。他给马匹套上缰绳拉车，他发明了适于海上航行的船和帆。从前，人们不懂医学，也不懂得服药减轻自己的痛苦，很多人由于没有医药而凄惨地死去。现在，普罗米修斯告诉他们如何调制药剂来祛除疾病。他又教会他们预言，给他们解释先兆和梦，说明鸟雀的飞翔和祭祀用品的陈列。他引导他们勘查地下，让他们发现地下的矿石和金属。总之，他把生活的一切技能和一切生活用品的使用方法都教给了他们。

不久前，宙斯夺取了他父亲的神位，罢黜（免除官职。黜，chù）了老一代神明，而普罗米修斯则是老一代神明的后裔。现在，新的神明注意到了这刚刚产生的人类。他们要求人类敬奉神明，以此换取神明的保护。在希腊的墨科涅，人和神举行了一次聚会，共同确定了人类的权利和义务。普罗米修斯以人类辩护者的身份参加了这次会议。他提出，诸神不应该让人类承担过重的义务。

普罗米修斯决定愚弄一下众神。他宰杀了一头大公牛，请神明选取自己所喜欢的那一部分。他把宰杀后的牛切开分成两堆：堆在牛皮和牛胃底下的是肉、内脏和很多脂肪；另一堆更大一些，但都是光秃秃的骨头，只不过被非常巧妙地裹在牛油里。

宙斯一眼就看穿了他的骗局，却装作不知道的样子，还责怪普罗米修斯分配得不公平。普罗米修斯以为自己已骗过宙斯，便暗笑着说："尊贵的宙斯，众神中最伟大的神，请选取你中意的一堆吧！"

宙斯故意去抓那白色的牛油。他把牛油剥开后看见了光秃秃的骨头，装出刚刚才发现自己受骗的样子，气愤地说："我看得很清楚，你还没丢掉你骗人的伎俩。"

宙斯决定报复普罗米修斯的欺骗，他拒绝给予人类所急需的最后的赠品：火。但机智的普罗米修斯却想出了办法来补救。他拿了一根坚挺的大茴香秆，到天上去靠近从旁经过的太阳车，把茴香秆往那闪光的火焰里一杵（chǔ）便得到了火种。他带着火种降到大地上，燃烧的熊熊火光随即直冲云霄。

当宙斯发现人间竟有如此盛大的火光时，就更加怨恨普罗米修斯了。既然人类已经掌握了火，他就不能再从他们手中将其夺走。他立刻想出一个新的办法来惩罚人类。

他要求技艺高超的火神赫菲斯托斯为他造出一个美丽少女。众神都给这个少女带来了礼物：雅典娜给这个少女披上了闪亮的白色外衣，让那姑娘两手撑着罩在脸上的面纱，头上戴着花冠，束着一条金发带。神的使者赫耳墨斯让这迷人的作品获得说话的能力。爱情女神阿佛洛狄忒则使她具有一切妩媚可爱的姿态。

宙斯给她取名潘多拉，意为"获得一切天赐的女子"。宙斯递给她一个盒子，里面装着每一个神给她的一件使人类遭受灾难的赠品。

随后，宙斯便把这个少女带到大地上。人人都对这无与伦比的女子赞不绝口。她走向普罗米修斯天真的兄弟厄庇墨透斯，把宙斯的赠品送给他。

普罗米修斯曾警告过厄庇墨透斯，不要接受宙斯的赠品，以免人类遭到灾难，但这警告没有起到任何作用。厄庇墨透斯没有多想，就接纳了美丽的少女潘多拉，直到灾祸降临。这个女子刚刚来到厄庇墨透斯身边，就打开了盒盖，一大群灾害像闪电一般迅速扩散到大地上。唯一一件美好的赠品——希望，却藏在盒底，潘多拉按照宙斯的旨意，趁它还没来得及飞出时又盖上了盒盖，把它永远锁在盒内。

于是灾害以各种各样的形式充满大地、天空和海洋。而从前缓步潜行在人类中的死神如今也健步如飞地奔跑起来。

此后，宙斯便转而向普罗米修斯复仇。他把这个罪人交给了赫菲斯托斯和两个仆人——号称强制和暴力的克拉托斯和比亚。他们奉命将普罗米修斯用挣不断的铁链锁在令人目眩的高加索山的峭壁上。赫菲斯托斯不愿意去完成这个任务，因为他尊敬这个提坦之子。他说了几句同情的话，不料竟受到仆人们的嘲笑，他出于无奈，只好让仆人们去完成这残酷的任务。

就这样，普罗米修斯被锁在悬崖绝壁上，总是直挺挺地悬着，不能睡觉，也不能弯一弯疲惫的双膝。

"你将白白地发出多少哀怨和悲叹啊，"赫菲斯托斯对他说，"宙斯的意志是不可改变的，不久前才夺得天国统治权的新神都是冷酷的。"

这个囚徒的痛苦将是永久的，至少也要延续三万年。尽管他大声悲叹，他也呼唤风、江河、大海的波涛、万物之母大地和洞察一切的太阳为他的苦难做证，但他的意志是坚定不移的。"一个人只要认识到了必然的不可抗拒的威力，"他说，

"他就必定会忍受命中注定的一切。"

他曾预言：新的婚姻将使诸神的主宰者堕落和毁灭。不管宙斯怎样威胁他，他也不肯详细说明这隐晦的预言。宙斯派出一只鹰每天啄食这个囚徒的肝脏。而那肝脏被吃去多少就又重新长出多少。在有人自愿替他受罪之前，这种痛苦是不会停止的。

这个不幸者被解救的一天终于来了。普罗米修斯被吊在悬崖上忍受了数百年之久的可怕痛苦之后，赫拉克勒斯为了寻找金苹果，正好路过这里。正打算向普罗米修斯请教良策时，他看到神的后代被吊在高加索山上，一只凶鹰一直在啄食那不幸者的肝脏，他对被囚禁者起了怜悯之心。于是他一箭把那只凶鹰射了下来。接着，他把普罗米修斯救走了。但为了满足宙斯的条件，他让自愿放弃永生而去受死的马人喀戎（被赫拉克勒斯的毒箭射中，渴望得到死神的解脱）做了普罗米修斯的替身。为了维持判决，宙斯让普罗米修斯永远戴着一个铁环，铁环的另一端拴上一小块高加索山崖的石头。这样，宙斯才能自豪地说，他的敌人还一直被锁在高加索山上。

法厄同

太阳神赫利俄斯的宫殿金碧辉煌，华丽的大圆柱上镶着发光的黄金和光辉耀目的红宝石。屋顶的最高处象牙环抱，两扇银质的门上精心雕刻着美丽的神话故事。

太阳神的儿子法厄（è）同走进宫殿求见他父亲。但他在离父亲很远的地方就站住了，因为他无法忍受太阳神那灼热

的光。

赫利俄斯身穿紫袍，坐在他那镶着璀璨的绿宝石的宝座上。他的左右依次站着他的随从：日神、月神、年神、世纪神和四季神。年轻的春神头戴花环，夏神戴着麦穗编织的冠，秋神手持装满葡萄酒的角，冬神则披着一头雪白的鬈发。

坐在中央的赫利俄斯看见法厄同正对如此之多的奇观啧啧称奇（咂着嘴表示赞叹和惊奇。啧，zé），便询问他突然来访的原因。

法厄同告诉父亲，尘世的人都嘲笑他，辱骂他的母亲克吕墨涅，还说他的父亲是一个不知名的男子。因此他来请求父亲给他一个凭证，向世人证明自己是神的后代。

赫利俄斯收回围在头部的光芒，让他的儿子走近前去。他亲热地拥抱了法厄同，说：

"我的儿子，我永远不会再在世人面前否认你是我的儿子了。为了让你不再心存疑惑，你可以向我要一件礼物！不管你提出什么请求，我都满足你！"

法厄同急不可耐地等父亲一说完，连忙说：

"那你就满足我最强烈的愿望，允许我驾驶一天你的太阳车吧！"

太阳神的脸上露出吃惊和后悔的神色。他不停地摇着头，终于高声说道：

"哦，我的儿子，你诱导我说了一句不够理智的话！哦，我要是不向你做出那样的许诺该多好！你太年轻，你又是凡人，你渴望做的是神做的事！你所要求的，其余的神都不能做到，因为除了我，谁也不能站在散发着火一般灼热气浪的车轴上。太阳车的必经之路是陡峭的，即使是在大清早，我精力充沛的马也得吃力地攀登这条路。路程的中间是最高的天顶。当我站在这样的高度时，我也常常感到恐惧。当我俯视下界，看到海洋和陆地与我相距千里万里之遥时，我也难免感到眩晕。最后，路又变得急转直下，这时就需要我稳稳地驾驭。海洋女神忒提斯甚至都做好了接纳我的准备，因为害怕我不小心掉到大海里去。此外，你必须考虑到，天是在不停地旋转的，我必须顶住这种无比剧烈的回旋。就算我把车交给你，你怎么能驾驶好它呢？因此，我亲爱的儿子，你就别要求这样一个糟糕的礼物了。趁还有时间，你赶快换一个愿望吧！好好瞧一瞧我这张惊恐的脸，你可以从我的眼睛里看到作为父亲的忧虑！你还是另要一个你想要的好东西吧！"

但这青年一次次地恳求着，而父亲已经说出了神圣的诺言，所以太阳神只好牵着儿子的手，把他领到太阳车那里去。太阳车的车辕、车轴和轮缘都是金的，轮辐是银的，轭(è)上闪烁着橄榄石和其他宝石的光辉。

当法厄同正在专心地赞赏这些精美的工艺时，黎明女神在泛着红光的东方打开了她的紫色大门和她那摆满玫瑰花的前厅的门窗。星星渐渐消逝，月亮最外边的弯角也失去了光影。这时赫利俄斯命令长着翅膀的时序女神套马，她们就把饱食仙草的喷着火光的马匹牵出马厩，套上华丽的辔头。

这会儿，太阳神往儿子的脸上涂了神圣的油膏，好让他能忍受得了熊熊火焰的炙烤。他又叹息一声，提醒儿子：

　　"孩子，别用钉棒打马，只需紧握缰绳，马会自动飞驰，你要尽量让它们跑得慢一些。你不要下倾得太低，否则大地会着火；你也不要太高，否则会烧了天国。去吧，攥住缰绳吧。或者，现在还来得及，再考虑一下，我亲爱的孩子！还是把车留给我，让我给世界送去光明，你留下来观看吧！"

　　这个青年好像根本就没有听见父亲的话，他一跃跳到车上，十分高兴地把缰绳抓在手中，向忧心忡忡的父亲亲切地点点头表示感谢。四匹飞马舒畅地对着天空嘶鸣，用蹄子对着大门踢踏。对外孙命运一无所知的外祖母忒提斯出来打开了大门，世界无限辽阔地展现在青年的眼前，骏马沿着轨道起飞，冲破面前的晓雾。

　　骏马明显地感到，它们拖着的重量跟平常不同，轭比往常轻得多。它们拉的车没有足够的重量了，车就像大海里摇晃着的船一样，在空中跳动。车好像空了似的，冲得很高，向前驰去。

　　当骏马觉察到这种情况时，它们便离开轨道飞驰起来。法厄同开始发抖了。他不知道往哪边拉缰绳，不知道路在哪里，也不知道怎样制服野性的马。

　　当这个不幸的人从高高的天边俯瞰下界，看见辽阔的陆地在他脚下极其遥远的地方展开时，突然吓得脸色煞白，双膝颤抖。身后的天已经离他很远，但眼前的地离他更远。他心中计算着前方和后方的距离，他呆呆地望着远方，不知怎么办才好。他既不放松缰绳，也不把缰绳拉紧。他想要呼唤那几匹马，但不知道它们的名字。他十分恐惧地看着挂在天边的众多形状各异的星座。他吓得手脚冰凉，缰绳从手里掉了下

去，缰绳往下颤动，触了一下马背。骏马立即离开了原先的道路，跳到侧面陌生的地方，一会儿向上奔，一会儿向下跑。它们时而碰到恒星，时而下降向靠近大地的小道倾斜。它们碰到云层，云层立刻像被点燃似的冒出白烟。车子越来越低地往下冲，突然接近了一座高山。

这时，土地因为受炽热的太阳车的炙烤而干裂。因为一切汁液都已被烤干，土地也开始发出微光。荒野的草变黄了，枯萎了，森林也燃烧起来。很快大火便蔓延到平原。庄稼全部被烧毁了。所有的城市都冒着熊熊的烈火，所有的国家和人民都被烧成了灰烬。周围的山丘、树林和高山也都燃起了大火。江河干涸或惊恐地逃回发源地，大海也凝缩起来，此前还是湖海的地方，现在都变成了干燥的沙地。

法厄同看见大地的四面八方都着了火，他也忍受不了火热的烤灼了。他好像是从一个火炉的烟囱处吸入了沸腾的空气，感到脚底踩着的是烧得通红的车。他已无法忍受这浓烟和大地燃烧飞扬上来的灰烬。烟雾和浓重的黑暗包围着他，飞马任意拖着他。最后连他的头发也被大火烧着了，他从车上摔下来，像偶尔出现的一颗划破夜空的流星一样疾驶而下。在离他的故乡很远的地方，一条名为厄里达诺斯的宽阔的河接纳了他，不断地冲击着他的脸，浪花飞溅。

法厄同的父亲亲眼看到了这一切惨状，抱头陷入深深的悲愁之中。据说这一天世上没有阳光，只有大火照亮了人间大地。

欧罗巴

在腓（féi）尼基王国的泰乐和西顿，有一个名叫欧罗巴的少女。她是国王阿革诺耳的女儿，一直生活在父亲与世隔绝的宫殿里。

这天夜里，一个奇异的梦造访了这个少女。她梦见亚细亚和与它相对的大陆，变成了两个女人的形象，二人争着抢着要把她据为己有。一个女人——她就是亚细亚——长相和举止都和本地人一样，另一个女人则是一副异国人的模样。前者以温存的热情争取欧罗巴，她说欧罗巴是她亲生和养育的爱女。而那个异国女人却像对待一个战利品似的把她紧紧地抱在怀里，不等欧罗巴有所反抗，便把她带走了。

"跟我走吧，亲爱的姑娘，"异国女人说，"我把你带到宙斯那里去，这是你命中注定的归宿。"

欧罗巴醒来，心还怦怦直跳。她从卧榻上坐起来，因为梦中的情景和白天的景象一样清晰。她挺直腰板儿，一动不动地在床上坐了很长时间。她圆睁两眼，呆呆地望着前面，仿佛那两个女人还站在眼前。

到了清晨，灿烂的阳光抹去了少女梦中的身影。不久，她同龄的朋友和游伴都聚集在她周围，这些人时常陪她游戏玩耍。她们今天来到海边散心。

所有的姑娘都穿着漂亮的绣花长袍。欧罗巴则身穿一件极美的金线刺绣的拖裙，裙上绣着神话传说的光辉画面。这

华贵的衣裙是赫菲斯托斯的一件作品，是很久以前波塞冬（希腊的海神，是众神之王宙斯的哥哥，主宰海洋事务）求爱时献给利彼亚的礼物。自从她有了这件礼物以后，它便作为传家之宝一代一代地传到了阿革诺耳的家族中。可爱的欧罗巴穿着这身盛装，带领着她的女游伴跑到开满鲜花的海边草地上去。这里到处都飘荡着这群少女的欢声笑语。每个人都采摘了自己心爱的花朵。

采集了足够的鲜花以后，她们便围着欧罗巴坐在草地上编花环。她们打算把这些花环挂在抽芽的树枝上，作为献给草地女神们的谢礼。但命运没让她们太久地用情于鲜花，因为夜梦向她预言的命运突然闯进了欧罗巴这个无忧无虑的少女的生活。

宙斯为欧罗巴的美所倾倒，这位狡猾的神想出了一个新的诡计：他变成了一头牡牛（雄性的牛）。那是一头什么样的牡牛啊！它体格高大而俊美，脖子略胖，肩很宽。它的角小巧玲珑，像精心雕琢出来的一般，比纯净的宝石还要透明。它身上的颜色是金黄的，只是在前额上闪烁着一个月牙形的银白色标记。它淡蓝色的眼睛透露着倾慕的柔情。

其余的牛零零落落地散布在离少女们很远的草地上。只有宙斯化身的那头美丽的牡牛慢慢走近欧罗巴和她的游伴们坐着的那个草坡。它十分优雅地在茂密的草丛中信步走来。它的前额并没有显现出威胁的表征，发光的眼睛也不可怕。它的整个外表都充满着柔情。欧罗巴和她年轻的女伴们都很欣赏这头牛高贵的形体与平和的神态，甚至都想走近好好地看看它,抚摩它那油光水滑的背。

牡牛好像觉察到了,因为它越走越近,最后站在欧罗巴的前面。欧罗巴开始还往后退了几步,当这头牛驯服地停在那里时,她才鼓起勇气,向前走去,把她的花束举到它吐着白沫的嘴边。它嘴里向她飘来一种特殊的香气。它讨好地舔着献给它的鲜花,舔着那只抹去它嘴边的泡沫、亲切地抚摩着它的温柔的手。这头俊美的牛越来越讨少女的喜欢了。她甚至大胆地吻了一下它那光灿灿的前额。这时,牛快乐地哞哞叫了几声,然后它就蹲伏在美丽的公主的脚下,无限渴慕地望着她,对她转动了一下脖子,向她示意爬上它那宽阔的背。

欧罗巴对她的那些年轻女伴说:

"都走近一点儿吧,亲爱的游伴们,让我们坐到这头美丽的牡牛的背上吧,一定很有趣。我想,它像一艘大船一样能容纳下我们四个人。瞧它多温顺,多可爱!和别的牛完全不同。它真的像人一样具有思想,只是不会说话罢了。"

她一边说,一边从女伴手中接过花环,把花环一个个挂到牡牛低垂的牛角上。接着,她微笑着一跃而起爬上了牛背。她的女伴们却仍在犹豫不决地看着她。

牡牛的目的达到了,就从地上站了起来。开始,它驮着少女相当缓慢地走着,即便这样,她的女伴们也跟不上她。当它把草地抛在背后,眼前展现出一望无际的海岸时,它便加快了速度,现在它不再像一头小跑的牡牛,而是像一匹飞腾的骏马了。少女还没来得及思考,它就纵身跳到海里,带着它的俘虏,向深海游去。少女用右手紧握牛角,把左手支撑在它的背上。

风吹起她的衣裙，像鼓起一张风帆。她怯生生地回头望着远离的陆地，高声呼唤她的女伴，但纯属白费力气。

牡牛向前游去，像一只漂荡的船。不久，海岸消失了，太阳落下去了，这一整天，少女都坐在牛背上越过无边无际的洪流向前漂游。不过，这头牡牛能够灵活地避开波浪，所以它的可爱的姑娘身上没有溅上一滴水。傍晚，他们终于到达远方的一个海岸。这不幸的少女在微明的夜色中环顾四周，除了波涛和星辰什么也看不见。

牡牛跳上岸，让少女在一棵拱形的树下轻轻地从它背上滑下去后，便在她眼前消失了。原地出现了一个神明一样的英俊男子，他对她解释说，他是克瑞忒岛的统治者，如果她愿意嫁给他，她将得到他的保护。由于无望和孤独，欧罗巴把手伸给他表示同意，这样，宙斯最终的愿望就实现了。但他像来时那样，又突然消失了。疲惫不堪的欧罗巴陷入了沉睡之中。

早晨的太阳升起来时，欧罗巴从长时间的昏睡中醒来。她慌乱地看看自己的四周，好像在寻找她的家园。她又望了望远处，好像回想起了一切，便对自己发问：

"我是从哪里来的？我现在到了什么地方？"

她用手心摸着眼皮，好像是想要抹掉那个可恨的梦。她四下张望，各种陌生的景物展现在她的眼前，一股令人恐怖的海潮冲到岸边掀起巨大的浪涛。

"哦，我现在要见到那头讨厌的牡牛，"她绝望地喊道，"我要把它撕碎，不把它的角折断我决不罢手！"

这时，她突然听到嘲笑般的悄声细语，她以为有人偷听，便惊恐地朝后看。在神圣的光辉中，她看见女神阿佛洛狄忒站在她面前，旁边还有女神的小儿子，那个带着弯弓的厄洛斯。女神先是微微一笑，然后说：

"不要生气，也无须争吵，美丽的姑娘！那头可恨的牡牛就要来了，它会向你伸出双角让你折断。在你父亲的王宫里把那个梦送给你的，就是我。欧罗巴！是宙斯把你抢来的。你是这位不可战胜的神明的尘世的妻子。你的名字将是永存的，从此以后，这块收容你的大陆就被叫作欧罗巴！"

俄耳甫斯和欧律狄刻

无与伦比的歌手俄耳甫斯是色雷斯国王俄阿格洛斯与缪斯女神（希腊神话中掌管艺术与科学的九位古老文艺女神的总称）卡利俄珀所生的儿子。阿波罗是音乐之神，他送给俄耳甫斯一把七弦琴。每当俄耳甫斯弹琴，同时唱起母亲教他的动听的歌时，天上的鸟儿、水里的鱼儿、森林中的野兽，甚至树木和岩石都赶来倾听他绝妙的歌声。他的妻子是美丽可爱的水神欧律狄刻。他们俩柔情满怀，相亲相爱。

啊，但是他们的幸福实在太短暂了！婚礼的快乐歌曲刚刚沉寂，早来的死神便夺走了他正值灿烂年华的爱妻的生命。

美丽的欧律狄刻和她的神女游伴在溪边草地上散步时，被一条藏在草丛里的毒蛇咬伤了脚后跟，死在她的惊恐万分的女游伴怀里。这位水神的悲鸣和哀号不停地在高山峡谷里回荡。俄耳甫斯的痛哭和歌唱也夹杂其中，他哀婉的歌曲倾诉着他的悲痛。小鸟和有灵性的大小麋鹿跟这位孤独的男子

一起举哀。但他的祈祷和哭诉并没有唤回他已失去的爱妻。

于是,他做出了一个闻所未闻的决定:下到可怕的地府里去,请求冥王冥后把欧律狄刻还给他。

他从地府的入口走了下去。死人的影子阴森恐怖地飘浮在他周围。但他大步流星地从死人王国的种种恐怖场所中走过去,一直走到面无人色的冥王哈得斯和冥后珀耳塞福涅的宝座前。在那里,他抄起七弦琴,随着优美的琴声唱道:

"哦,地下王国的统治者啊,请恩准我诉说衷肠,请赏脸倾听我的愿望!不是好奇心驱使我下来参观阴间,也不是为了抓住三头看门狗好玩儿。哦,我是为了我的爱妻来到你们的身旁。她给我的王宫带来欢乐和骄傲没有几天,就被毒蛇咬伤,正当青春年华便归了阴间。瞧,我要承受这无法估量的痛苦呀!作为一个男人,我奋斗了多年,但爱情撕碎了我的心,我不能没有欧律狄刻。我祈求你们,神圣的统治亡魂的神!在这充满恐怖的地方,在你们统治的这片沉默的荒野,请你们把她,把我的爱妻,还给我!还她自由,让她过早凋零的生命重获青春!如果不能这样,哦,那就把我也归入亡魂的行列,没有她我永远也不重返阳世。"

亡魂听了他的祈求,都放声痛哭起来。冥后珀耳塞福涅招唤欧律狄刻,欧律狄刻摇摇晃晃地走来。

"你把她带走吧,"冥后说,"但你要记住,在你穿过冥府大门之前,一眼也不能看跟在身后的妻子,她才会属于你。如果你过早地回过头去看她,她就永远不属于你了。"

于是,俄耳甫斯带着妻子,默默地快步沿着笼罩着黑暗的路向上攀登。俄耳甫斯心里突然产生一种无法形容的渴望：他偷偷侧耳试了试，看能不能听到妻子的呼吸声或她裙裾的窸窣（xī sū，形容细小的摩擦声音）声，结果什么也听不见，他周遭的一切都是死一般寂静。他被恐惧和爱情所压倒，无法控制自己，就壮着胆子迅速朝后看了一眼。哦，真不幸呀！就在这时，欧律狄刻的两只充满悲哀和柔情的眼睛死死地盯着他，飘然坠回那令人毛骨悚然的深渊。他无比绝望地把手臂伸向渐渐消失的欧律狄刻。一点儿用处也没有！她又遭遇了第二次死亡，但没有哀怨——假如她能抱怨的话，那她也只能怨她被爱得太深了。她已经在俄耳甫斯的视线中消失了。"再见，再见了！"从远方传来这样低沉微弱的渐渐消失的声音。

由于伤心和惊骇，俄耳甫斯呆立了片刻，随后他又冲回黑暗的深渊。但现在冥河的艄公堵住了他，拒绝把他渡过黑色的冥河。于是这个可怜的人便不吃不喝，不停地哭诉，在冥河岸边坐了七天七夜。他祈求冥府的神再发慈悲，但冥府的神是不讲情面的，他们绝不会第二次心软。随后他只好无限悲伤地返回人间，走进色雷斯偏僻的深山密林。他就这样避开人群，独自生活了三年。见到女人他就憎恶，因为他的欧律狄刻可爱的形象一直浮现在他眼前。是她使他发出一切悲叹，一想起她，他就弹起七弦琴，唱起动听的哀怨的歌。

一天，这位神奇的歌手坐在一座遍是绿草却无树荫的山上唱起歌来。森林立刻移动，一棵棵大树移得越来越近，直到它们用自己的树枝为他罩上阴影。林中的野兽和欢快的小鸟也都凑过来围成一圈倾听他绝妙的歌唱。就在这时，色雷斯

的一群正在庆祝酒神狄俄倪索斯的狂欢活动的女人吵吵嚷嚷地冲上山来。她们憎恶这个歌手，因为他自从妻子去世以后就鄙视所有女人。现在她们发现了他。

"瞧，那个嘲讽女人的家伙，他在那儿！"第一个狂女这么喊了一声，这一群狂女就一边咆哮着冲向他，一边还朝他投掷石块，挥舞酒神杖。在很长的时间里都有忠实的动物保护着这位可爱的歌手。当他的歌声渐渐消失在这群疯狂女人的怒吼中的时候，她们才惊慌地逃到密林里去。这时，一块飞石不幸击中了俄耳甫斯的太阳穴，他立刻就满脸是血地倒在绿草地上死了。

那群杀人的狂女刚刚逃走，鸟儿就呜咽着扑翅飞来。花木和一切兽类都悲伤地走近他。山林水泽的神女也都匆匆聚拢到他身边，而且都裹着黑色的袍子。她们都为俄耳甫斯的死悲伤不已，埋葬了他的肢体。上涨的河水收起并卷走了他的头和七弦琴。从无人拨弄的琴弦和失去灵魂的口舌发出的动听的琴声和歌声一直在水中不停地漂荡飞扬，河岸则轻声地报以悲哀的回响。

这条河就这样把他的头和七弦琴带到大海的波涛里，直达斯伯斯小岛的岸边，那里虔诚的居民把他的头和七弦琴捞了上来。头被他们埋葬了，七弦琴则被挂在一座神庙里。传说那个小岛出了不少杰出的诗人和歌手，甚至为了祭奠神圣的俄耳甫斯，那里的夜莺也比别处的夜莺歌唱得更悦耳。

俄耳甫斯死后，他的灵魂飘飘摇摇地下了地府。在那里他又找到了心爱的人，现在他们留在了冥界，他们幸福地拥抱，从此不再分离。

赫拉克勒斯的传说（节选）

赫拉克勒斯的出生与成长

赫拉克勒斯是宙斯与阿尔克墨涅的儿子。宙斯的妻子赫拉嫉妒阿尔克墨涅，也嫉妒她的这个曾经被众神之王宙斯宣布有光明未来的儿子。阿尔克墨涅生下赫拉克勒斯后，就把他放到了一个安全的地方，这个地方后来被称作赫拉克勒斯田野。

一天，他的敌人赫拉在雅典娜的陪伴下路过这里，赫拉看这个孩子可怜又可爱，就把他抱在胸前，让他吮吸自己的乳汁。可是这个孩子吮吸得太用力，赫拉又疼又气，就把孩子扔到地上。雅典娜无限怜悯地把他又抱了起来，把他带到离此最近的城市，交给这里的王后阿尔克墨涅，请求她仁爱地抚养他。赫拉克勒斯在赫拉的乳房上留下了一排牙印，但喝到的几滴神的乳汁足以让他不死。

阿尔克墨涅一眼就认出了自己的孩子，欢喜地把他放入摇篮。但是赫拉也察觉到在她怀里的是谁，发觉自己粗心地错过了报复的机会。她马上命令两条可怕的蛇去咬死这个婴儿。两条蛇爬到摇篮里，缠住孩子的脖子。赫拉克勒斯被惊醒，哭叫起来——这是他第一次显示他超人的力量——两只手各抓住一条蛇的脖子，只用力一捏就掐死了它们。

阿尔克墨涅被孩子的哭声惊醒，她从床上跳下来，没来得

及穿鞋，就惊叫着冲了过去，发现她的儿子已经扼死了两条毒蛇。王宫里的贵族们听到呼救声，拿着武器冲了进来。国王安菲特律翁手拿着剑，也冲了进来。他向来把这个义子看作是宙斯给予的礼物，眼前发生的事情，更让他对这个新生儿的神力感到又高兴又惊惧。他把这件事当作是一个先兆，召来了被宙斯赋予先知和预言能力的忒瑞西阿斯。忒瑞西阿斯对国王、王后以及在座的所有人预言，这个孩子将如何杀死陆地、海上的巨怪，如何战胜巨人，以及如何经历人间的苦难，最终享有永恒的生命，并和永久青春的女神赫柏结婚。

国王安菲特律翁得知这个孩子将来的命运后，决定把他培养成一个大英雄。他聚集了所有的英雄，请他们教授赫拉克勒斯各种各样的知识和本领。

赫拉克勒斯是一个好学的学生，但是他不能忍受折磨。老师利诺斯脾气暴躁。有一次利诺斯不公正地责打赫拉克勒斯，于是赫拉克勒斯抓起一把竖琴掷向老师的脑袋，老师立刻摔倒在地上死去。虽然赫拉克勒斯很后悔，可还是因为这起谋杀案上了法庭，但是公正的法官剌达曼堤斯宣布他无罪，并为此制定了一条法律：由于自卫而致人死亡不得判处死刑。

但安菲特律翁害怕他具有超凡神力的儿子再犯类似的错误，就把他送到乡下去放牧。当他18岁时，他成了希腊最漂亮和最强壮的男人。此时，赫拉克勒斯已不满足做一个牧人，他离开放牧的伙伴和牧群，思考着他应该选择哪条人生道路。正当他坐着沉思的时候，看到有两个高大的女人向他走来。一个高贵而礼貌，穿着一尘不染的白色长袍；另一个丰满妩媚，浓妆艳抹，她时常整理修饰自己，然后又看看周围是否有人在注视自己。

在两个女人走近的过程中，第一个安详地往前走，但第二个抢在前面跑近这个年轻人，并告诉他如果选择和自己做朋友，他便可以过上舒适、安逸的生活，而且不用付出任何努力。

赫拉克勒斯听到这诱人的建议，诧异地问她："你叫什么名字？"

"我的朋友叫我幸福，"她回答，"不过我的敌人侮辱我，把我叫作'堕落的享受'。"

这时另一个女人也走了过来。

"我来了，"她说，"亲爱的赫拉克勒斯，我叫'美德'，我认识你的父母，了解你的禀赋和你所受的教育。如果你选择我为你指的道路，你将成为一个在一切善良和伟大事业中做出巨大贡献的杰出人物。要知道，人们不经过劳动和辛苦，神是不会让他有所收获的。如果你希望神仁慈地待你，你必须崇敬神；如果你希望朋友尊敬你，你必须帮助他们……如果你要让国家对你表示敬重，你必须对国家尽你的职责；如果你想要全希腊赞美你的德行，你必须成为希腊的恩人。你要收获就要播种；你要战斗得胜，就要熟知战斗的技术；你要身体强壮，就必须要通过辛苦的锻炼。"

"享受"打断了她的话。

"你看，亲爱的赫拉克勒斯，"她说，"这个女人带你走的是一条多么漫长艰难的道路，相反，我将引领你走的是一条便捷舒适的通往幸福的路。"

"美德"反驳她说："你怎么能幸福呢？你享受了什么？你还没见到它们就满足了。这就是为什么人们在年轻时享乐，年老时羞愧于他们的过去。而你自己虽然不朽，但是你却被神放逐，被善良的人所鄙视。你永远听不到最美好的声音——赞美；你永远看不到最悦目的事物——美好的工作。赫拉克勒斯，选择我为你指引的道路吧，幸福将属于你。"

幻象消失了，赫拉克勒斯决定选择"美德"所指引的道路，而且很快他就找到了机会。

赫拉克勒斯最初的三件工作

在赫拉克勒斯出生之前，宙斯曾当着众神的面宣布，珀耳修斯的长孙，将统治所有其他的珀耳修斯的子孙们。这个荣誉本来是要给予他和阿尔克墨涅的儿子，但是阴险的赫拉为了不让阿尔克墨涅的儿子得到这个荣誉，让同样是珀耳修斯孙子的欧律斯透斯比赫拉克勒斯提前出生，因此欧律斯透斯成了阿耳戈斯地区的密刻奈的国王，而赫拉克勒斯则成了他的臣民。

国王欧律斯透斯发现赫拉克勒斯的声誉越来越高，担心他的声望超过自己，于是派给他许多危险又烦琐的工作，想借机除掉他。

国王交给他的第一件工作是要他把涅墨亚狮子的毛皮带回来。这只狮子栖身于伯罗奔尼撒的森林里。人类的任何武器都伤不到它，也没人知道它是从哪里来的。

赫拉克勒斯背着箭袋，一只手拿着一张弓，另一只手拿着用野生油树做成的木棒出发了。

一天后，他到达涅墨亚狮子所在的森林。赫拉克勒斯用目光扫视各个角落，想要在这个巨大的动物发现自己之前找到它。黄昏时分，这只狮子顺着林间小道跑了出来，在狩猎之后返回到它的峡谷。赫拉克勒斯躲在茂密的灌木丛后，远远地看着它，连续向狮子射了三箭，但没能制服它，最后赫拉克勒斯用木棒打中了狮子的脖子，趁着它无法喘息的时候，用手臂勒死了这个庞然大物。

赫拉克勒斯尝试用铁器和石器把狮子的皮剥下来，可是不起作用，最后赫拉克勒斯想到用狮子的利爪来剥，终于把狮子的皮剥下来了。后来他用这张狮子皮给自己做了一面盾，用它的上下颚给自己做了一顶新的头盔。而现在他穿起他来时的衣物，带着武器，把狮子皮扛在肩上，回国王的领地去了。

当国王欧律斯透斯看到他带着这可怕的动物的皮归来时，吓得躲进了一个大酒桶里，欧律斯透斯不敢让赫拉克勒斯进城，只好通过使者把命令传达给他。

英雄的第二件工作是杀死许德拉。许德拉是堤丰和厄喀德那的女儿。她是一条非常巨大的九头蛇，其中八颗头是可以杀死的，但中间的那一颗是杀不死的。她来到陆地上，撕碎牲畜，使田野成为荒野。

赫拉克勒斯勇气十足地面对这次战斗，他带着他的侄子伊俄拉俄斯驾车向许德拉所在的勒耳那出发。

终于他们在一个洞穴里发现了许德拉。赫拉克勒斯让伊俄拉俄斯勒住马，他跳下车想用箭把九头蛇从洞中逼出来。果

然许德拉喘着气冲了出来，她摇摆着九条细长的脖子，就好像狂风中摇摆的树枝。赫拉克勒斯无畏地向她走去，用力抓住她。但她却缠住他的一只脚，不打算正面交战。赫拉克勒斯试图用木棍打她的头，但是没有成功。因为打掉了一颗头，就又长出了两颗头。赫拉克勒斯叫伊俄拉俄斯来帮忙，伊俄拉俄斯用烧着的树枝点燃附近的树林，火焰烧灼巨蛇刚刚长出来的头，使她不能长大。

经过长时间激烈的搏斗，最后，赫拉克勒斯砍下了许德拉不死的那颗头，把她埋在路上，并推了块巨大的石头压在上面。他把许德拉的躯干分为两段，并把他的箭浸在她有毒的血液中，此后凡是被他的箭射中的人都无药可治。

赫拉克勒斯的第三件工作是生擒刻律涅亚山的赤牝（pìn，雌性的鸟或兽）鹿。这是一只长着金色的鹿角和铜脚的非常漂亮的动物，生活在阿耳卡狄亚的山上。它是狩猎女神阿耳忒弥斯练习狩猎的五只鹿之一。赫拉克勒斯追逐了它整整一年，终于追到了它。因为没有别的办法可以抓住它，所以他用箭射中它，使它瘫倒在地。他遇到了阿耳忒弥斯和阿波罗。他们责备他要杀死女神的祭祀物。赫拉克勒斯为自己辩护说：

"我不是故意这样做的，伟大的女神，我是被逼无奈，否则怎样才能完成欧律斯透斯的任务呢？"他平息了女神的愤怒，带着生擒的赤牝鹿回到密刻奈。

赫拉克勒斯的第四、五、六件工作

紧接着国王又交给他第四件工作:活捉厄律曼托斯山的野猪。它也是阿耳忒弥斯的祭祀物,但一直在厄律曼托斯一带为害一方。在这次冒险的路上,他遇到了马人福罗斯。福罗斯对待客人十分友好,但赫拉克勒斯向他要美酒时,福罗斯说:

"在我的地窖里正好有一桶酒,但它属于所有的马人;我不敢打开它,因为我知道,马人们不喜欢客人。"

"勇敢地打开它,"赫拉克勒斯回答,"我向你保证,我会保护你不受任何人的攻击。"

福罗斯走到地窖里,他刚刚打开酒桶,所有的马人就都闻到了这桶酒的香味儿,他们蜂拥而来,向福罗斯的地窖中扔石块和树枝。赫拉克勒斯用燃烧的树枝将闯入者赶了出去。他边射箭边追赶其余的马人,一直追到他的老朋友——善良的马人喀戎居住的玛勒亚半岛。赫拉克勒斯弯弓向马人们射了一箭,箭穿过另外一个马人的肩膀,而不幸的喀戎被射中了膝盖。现在赫拉克勒斯认出了他,关心地跑上前,把箭拔出来,给他敷药。但是由于箭在许德拉的毒血里浸过,所以伤口是不可治愈的。喀戎要他的兄弟们把他抬到他的洞中,希望在好朋友的怀中死去。可怜的喀戎忘记了自己是不死的。赫拉克勒斯挥泪告别被痛苦折磨的喀戎,并向他许诺,不惜任何代价都要让死神到这里来,让他不再经受痛苦的折磨。

当赫拉克勒斯回到福罗斯那里时,却发现福罗斯死了。原来福罗斯触碰了浸过毒血的箭——一不留神,这支箭滑落下来刺伤了他的脚，他立即毙命。赫拉克勒斯非常悲伤，他为福罗斯举行了隆重的葬礼，并将他埋在大山下面，后来这座山就被称为福罗山。

赫拉克勒斯继续出发，寻找野猪。他大声叫喊，把它从茂盛的灌木丛中赶出来，追着它到了雪山，他用绳索套住这只野猪，把它带到了密刻奈，完成了他的使命。

欧律斯透斯派他去做的第五件事，是一件英雄不屑于去做的工作。他需要在一天内把奥革阿斯的牛棚打扫干净。奥革阿斯是厄利斯的国王，他将他的三千头牛用篱笆围在宫殿前面，由于这些牛已经养了很长时间，牛粪也就堆积得很高。赫拉克勒斯要在一天内完成这个工作几乎是不可能的。

当这个英雄站在奥革阿斯面前，自愿提出这个请求时，没有提及欧律斯透斯的命令。奥革阿斯打量着这个高贵的男子，想不通为什么他愿做这么卑贱的工作。因此，他安慰赫拉克勒斯说：

"听着，外乡人，如果你能够在一天内把所有的牛粪打扫干净，我将把牛群的十分之一奖赏给你。"

赫拉克勒斯接受了这个条件，但他先叫来奥革阿斯的儿子费琉斯来为此做证，然后在牛棚的一边挖了条沟，让阿尔甫斯河和珀涅俄斯河通过渠道流进来，把牛粪冲掉，又通过另一个出口流走。他就这样完成了一个具有侮辱性的工作，并没有贬低自己。

当奥革阿斯得知赫拉克勒斯是奉欧律斯透斯的命令来完成这件事时，他拒绝支付报酬，并让法官来裁决此事。当开庭裁判时，费琉斯出庭做证反对自己的父亲。盛怒之下，奥革阿

斯不等宣判结果公布,就把儿子和这个外乡人一起驱逐了。

　　之后赫拉克勒斯回到欧律斯透斯那里。但欧律斯透斯却宣布这次工作无效,因为赫拉克勒斯从中获得了报酬。于是他马上派赫拉克勒斯去开始做第六件工作——驱赶斯廷法罗斯湖的怪鸟。这是一群硕大的隼(sǔn,一种鸟,翅膀窄而尖,嘴短而宽,上嘴弯曲并有齿状突起。飞得很快,是猛禽,善于袭击其他鸟类。种类很多,如猎隼、游隼等),像鹤一样大,有着铁翼、铁嘴和铁爪。它们栖身于阿耳卡狄亚的斯廷法罗斯湖边,在那里伤害了许多人畜。

　　经过短暂的行程之后,赫拉克勒斯到达了树林中的湖边。在这片树林里他刚好看到一大群怪鸟正被狼群袭击。赫拉克勒斯无助地站在那里,他望着这些怪鸟,不知该如何对付这一大群敌人。他感到有人轻轻地拍他的肩,回头一看,是雅典娜。她送给他两面坚硬的铜钹,让他对付斯廷法罗斯湖的怪鸟。赫拉克勒斯爬上靠近湖的一座小山,敲击铜钹吓唬怪鸟们。它们由于忍受不了这种刺耳的声音,恐惧地飞出树林。赫拉克勒斯抓起弓,一箭箭地将它们从空中射下来。逃走的怪鸟则离开这个地方,不再回来了。

赫拉克勒斯的第七、八、九件工作

　　克瑞忒的国王弥诺斯曾对海神波塞冬许诺,将海中最先浮出的东西祭献给他。波塞冬想要考验他,于是让一头美丽的牛浮出海面。弥诺斯把这头牛藏在自己的牛群里,而用另一头普通的牛来祭祀海神。波塞冬因此非常愤怒,作为惩罚,他让这头牛发疯，并在克瑞忒岛上造成巨大的混乱。赫拉克勒斯的第七件工作就是驯服它，并把它带到欧律斯透斯这里。

当赫拉克勒斯带着这个命令来到弥诺斯这里，弥诺斯感到非常高兴。他亲自帮助赫拉克勒斯去捕捉这头发狂的动物。赫拉克勒斯很快就驯服了这头牛。欧律斯透斯表面上对这个工作结果十分满意，但是他在看过这头动物后就把它给放了。当这头牛脱离赫拉克勒斯的控制后，它又开始发狂。它跑遍了整个拉科尼亚和阿耳卡狄亚，通过海峡跑到阿提卡的马拉松，把那里破坏得跟克瑞忒岛一样，直到很久以后它才再次被驯服。

赫拉克勒斯的第八件工作是要将狄俄墨得斯的牝马带回密刻奈。狄俄墨得斯是战神阿瑞斯的儿子，比斯托涅斯族的国王。他的牝马十分狂野强壮，只能用铁链把它们锁在铜槽上。它们的饲料也不是草料，而是来到城堡的不幸的外乡人。当赫拉克勒斯来到这里时，他首先抓住这个凶残的国王，把他扔进马槽里，然后制服了马厩中的看守者。牝马们饱餐之后，变得驯服了。于是赫拉克勒斯把它们赶到海边。但是比斯托涅斯人拿着武器追了过来，赫拉克勒斯只得与他们战斗。他把这些牝马交给他最好的朋友和追随者阿布得洛斯——赫耳墨斯的儿子看守。当赫拉克勒斯把比斯托涅斯人赶跑回来时，发现他的朋友已经被牝马撕裂。他深深地哀悼阿布得洛斯，并为纪念他建立了阿布得拉城。然后他再次驯服牝马，平安地把它们带给欧律斯透斯。

赫拉克勒斯的第九件工作是对抗阿玛宗人。他要把阿玛宗人的女王希波吕忒的腰带献给欧律斯透斯的女儿阿特梅塔。

这条腰带是阿瑞斯亲自送给女王的,代表着无上的荣誉。

赫拉克勒斯召集了一些战友,在经过多次冒险后,他们到达了阿玛宗城的忒弥斯库拉海港。阿玛宗人的女王希波吕忒被赫拉克勒斯英俊的外貌所吸引,当女王得知他来此的目的时,答应把腰带给他。但是赫拉憎恨赫拉克勒斯,她化身为阿玛宗人,混在其他人中间,传播谣言说有敌人要拐走他们的国王。于是所有人都武装好对赫拉克勒斯等人进行攻击。经过激烈的战斗,阿玛宗人被打败了。她们的首领墨拉尼珀也被捉住,女王希波吕忒把腰带交了出来,就像她在战前许诺过的那样。赫拉克勒斯把它当作赎金放了墨拉尼珀。

赫拉克勒斯的最后三件工作

当赫拉克勒斯把女王希波吕忒的腰带放到欧律斯透斯的脚下时,欧律斯透斯没有让他休息,而是命令他马上出发,把巨人革律翁的牛带来。这是一头生活在厄律提亚岛上的漂亮的棕红色公牛。它由另一个巨人和一只双头狗看守着。

革律翁无比巨大,长着三个身躯、三个脑袋、六条胳膊和六只脚,还没有一个人来向他挑战过。而且革律翁还有三个巨人兄弟,他们都是伊柏里亚国王克律萨俄耳的儿子。

但是赫拉克勒斯并不畏惧,他像往常一样集结好军队。他们首先到达利比亚,在这里他与大地女神该亚的一个巨人儿子安泰俄斯格斗,安泰俄斯一触摸到大地——他的母亲,就可以恢复力量。赫拉克勒斯用强有力的手臂将他抱起,并把他举起来,在空中把他扼死。

经过长时间的跋涉，赫拉克勒斯来到了大西洋。在这里他竖立了两根有名的赫拉克勒斯柱子。

太阳炽热地燃烧着。赫拉克勒斯不能忍受，他瞄准天空，弯弓搭箭威胁要把太阳神射下来。太阳神钦佩他的勇气，借给他一只金碗让他可以继续前进。赫拉克勒斯用这只金碗和他的同伴们向对面的伊柏里亚航行。在这里他发现了克律萨俄耳的三个儿子和三支庞大的军队。但赫拉克勒斯只用两次战斗就杀死了他们的统帅，征服了这片土地。

然后他来到了厄律提亚岛，革律翁和他的牧群居住在这里。当那只双头狗发现赫拉克勒斯时，它想逃跑，赫拉克勒斯用木棒打死了它。赫拉克勒斯想绑住那头牛，但是革律翁抓住它不放，于是他们开始了一场恶战。赫拉现身亲自帮助巨人，但赫拉克勒斯一箭射中了她的胸部，赫拉惊恐地逃走了。他第二箭射中了巨人的身躯，杀死了他。在经历了各种各样的冒险后，赫拉克勒斯带着牛回到了欧律斯透斯的领地。

现在赫拉克勒斯已经完成了第十件工作。但是有两件工作欧律斯透斯不承认，一件是杀死许德拉，因为伊俄拉俄斯帮助了他；一件是打扫奥革阿斯的牛棚，因为他从中获得了报酬。所以他还要再多完成两件工作。首先赫拉克勒斯要去摘赫斯珀里得斯姊妹花园里的金苹果。很久以前，在宙斯和赫拉举办婚礼时，该亚带着一棵长满金苹果的树前去祝贺。之后这棵金苹果树种在了夜神的四个女儿赫斯珀里得斯姊妹的花园里，现在由赫斯珀里得斯姊妹和百头巨龙拉冬看守着。

赫拉克勒斯踏上了漫长的、危险重重的旅程。首先他到

达了巨人忒墨洛斯居住的忒萨吕，忒墨洛斯想用坚硬的头撞死他，但是赫拉克勒斯用头把巨人的头撞得粉碎。

接着，在厄刻多洛斯河，赫拉克勒斯碰到了另一个怪物，战神阿瑞斯和皮瑞涅的儿子库克诺斯。当赫拉克勒斯询问去赫斯珀里得斯姊妹花园的路时，库克诺斯向这个过路人挑战，最终被杀死。这时阿瑞斯现身，战神要亲自为被杀死的儿子报仇。赫拉克勒斯被迫同他开战，宙斯用闪电把他们分开了。

赫拉克勒斯继续前进，来到仙女的住处。在仙女的帮助下，赫拉克勒斯打听到了去赫斯珀里得斯姊妹花园的路。然后继续向利比亚和埃及进发。

埃及发生了严重的饥荒，波塞冬和吕西阿那萨的儿子部西里斯统治着那里。先知预言，每年向宙斯献祭一个异乡人可使贫瘠的土地变为富饶。野蛮的部西里斯渐渐地喜欢上这种行为，所有到埃及的外乡人都被他杀死了。赫拉克勒斯到了埃及后也被部西里斯抓起来了。然而，当他被拖到宙斯祭坛前时，他拽断绳索，把部西里斯撕成了碎片。

一路上赫拉克勒斯又遇到了许多险事。他在高加索山上释放了被缚的普罗米修斯，并按照普罗米修斯的指示到达了阿特拉斯（希腊神话中的擎天神，提坦神族的后代。他被宙斯惩罚，用双肩支撑苍天）背负着天的地方，这里离金苹果树很近。普罗米修斯建议让阿特拉斯去摘金苹果，而赫拉克勒斯则替阿特拉斯背负着天空。阿特拉斯同意他的办法，于是赫拉克勒斯用强有力的肩膀负起了天顶。阿特拉斯摘下了三只金苹果，平安地带给赫拉克勒斯。他说：

"我的肩膀头一次感到没有天空的负担,我不愿再扛着它了。"

他把苹果扔到赫拉克勒斯脚下,让他继续背负着不能忍受的重负。

赫拉克勒斯必须想个对策来获得自由。他对阿特拉斯说:

"让我往头上绑团棉花,不然我的脑袋就会被这可怕的重物压碎了。"

阿特拉斯认为这是个合理的要求,就又接过了重负。但这个骗子也被骗了。

赫拉克勒斯从草地上捡起金苹果,把它们带给欧律斯透斯。

欧律斯透斯本以为赫拉克勒斯会因此丧命,一气之下,他把金苹果赐给赫拉克勒斯。而赫拉克勒斯把它们献给了雅典娜,但雅典娜知道这些圣果是不可以放到别处的,就把金苹果带回到赫斯珀里得斯姊妹的花园。最后一次冒险,欧律斯透斯要赫拉克勒斯把冥王哈得斯的看门狗刻耳柏洛斯从地府带出来。这只怪物有三个头,每张可怕的嘴里都流着毒涎,它身后长着一条龙尾,头和背上长着咝咝作响的毒蛇。

赫拉克勒斯为这次可怕的行程做准备,来到了厄琉西斯城,在那里,一个见闻广博的祭司向他透露了天上和地府的秘密。于是在神秘力量的指引下,赫拉克勒斯找到了地府的门。在赫耳墨斯的引导下,他来到了冥王哈得斯的地府之城。

在快到达地府的大门时,忽然,冥王哈得斯出现了,他挡在地府大门的门口,但赫拉克勒斯的箭射穿了他的肩膀,他感到剧烈疼痛。所以当赫拉克勒斯请求他把看门狗交出时,他很快答应了,但他提出了一个要求:赫拉克勒斯不能用武器去

制服这只狗。

于是赫拉克勒斯只穿着胸甲，披着狮子皮，去找寻这只怪物。他发现它蹲坐在阿刻戎的门口，发出雷声般的狂吠，他冲上去抱住了它的脖子，用腿夹住它的三个头，不让它跑掉。但怪物的尾巴是条活着的龙，它扑到前面，咬他的身体。他任由怪物咬他，死扼住它不放，直到把这个难以驾驭的怪物驯服，将它带到了人间。

这只狗一看到阳光，就开始恐惧地口吐毒涎，于是那里长出了有毒的乌头树。赫拉克勒斯马上锁住它，把它带到欧律斯透斯面前。欧律斯透斯惊讶得不敢相信自己的眼睛，他这才相信除掉他所恨的赫拉克勒斯是不可能的，这是命运的安排。他释放了赫拉克勒斯，让他把恶狗带回地府。

在经历过人间所有的考验和冒险之后，赫拉克勒斯被众神之王宙斯升为大力神，还娶了青春女神赫柏为妻，获得了永恒的生命与荣耀。

精华赏析

　　赫拉克勒斯接受了国王派给自己的艰难任务，并凭借自己非凡的勇气和聪明才智完成了常人难以做到的十二件工作。正是因为他有明确的目标与坚定的信念，即使面对艰险的处境也不退缩、不动摇，才完成了这样伟大的功绩。由此可知，当我们朝着目标前进时，一定要坚定心中的信念，不畏艰难险阻，尽自己所能解决问题，这样成功的彼岸就不会遥远。

北欧神话

奥丁的预感及离开阿斯加尔德

阿萨神族的众神之父奥丁有两只乌鸦，它们的名字分别是尤金和莫宁。乌鸦每天在宇宙各界来回穿行，然后再回到阿斯加尔德，落在奥丁的肩头，告诉他它们在各界的所见所闻。然而有一次，一天过去了，两只乌鸦还没有回来。奥丁站在瞭望塔希利德斯凯拉夫上翘首以盼，他自言自语道：

我 很 担 心 尤 金，

怕 它 一 去 不 复 返，

可 是 我 更 盼 望 莫 宁 归 来。

又一天过去，两只乌鸦终于归来。它们分别栖息在奥丁的左右肩。接着众神之父走进议事大厅，准备听取尤金和莫宁的汇报。大厅坐落于格拉希尔树旁边，这棵树长有金色树叶。

乌鸦告诉奥丁的都是灾祸之兆和不祥之征。众神之父奥丁没有把这些告诉阿斯加尔德众神。但是奥丁的妻子弗丽嘉从丈夫的神色中看出，不祥之事即将降临。当奥丁跟她谈起这些事情，弗丽嘉劝慰他说："不要对命定的事做徒劳无益的抗争。让我们去找乌尔德之泉边的命运三女神吧，看看当你

71

凝视她们的双眸时，不祥预兆的阴霾是否仍然无法消散。"

于是奥丁带领诸神离开阿斯加尔德，朝乌尔德之泉走去。乌尔德之泉位于巨大的伊格德拉西尔树根下方，三位命运女神坐在那里，她们的身边有两只美丽的天鹅。和奥丁一同前往的有伟大的剑手提尔，最俊美、最受诸神钟爱的光明神巴德尔，以及雷神托尔。托尔手里拿着他的雷霆之锤米奥尔尼尔。

在神界阿斯加尔德与人间米德加尔德之间，有一座彩虹桥。除此之外，还有另一座彩虹桥，它横亘在阿斯加尔德与伊格德拉西尔树根之间，乌尔德之泉就在树根下方。这座桥更为美丽，桥身更为摇晃且很少为人所见。在两座桥的衔接之处，站立着长有一口金牙的海姆达尔。他是诸神的守卫者，也是通往乌尔德之泉之路的看守人。

众神之父说道："海姆达尔，开开门，今天众神要来这儿拜访命运女神。"海姆达尔一言不发地打开大门。这扇门通往彩虹桥，那桥比人们从大地上所能看到的任何彩虹颜色都要鲜艳，晃得也更厉害。奥丁、提尔和巴德尔快步走上桥去。托尔跟在他们后面，但他刚要踏上桥时，海姆达尔伸手阻止了他。

海姆达尔说道："托尔，其他的神可以从这座桥上走过，可你不行。"

托尔不解地问道："什么？海姆达尔，难道你想把我拦住？"

"是的，因为我是通向命运女神之路的看守人，"海姆达尔说道，"你加上那把威力无比的锤子对这座桥来说太重了，它承受不了你们的重量。"

"可是我要和奥丁及其他伙伴一起去拜访命运女神啊。"

托尔答道。

"是的，你可以去，但别走这条路就好，"海姆达尔说道，"我不会让我守护的桥被你和你的锤子压垮。除非你把锤子留在我这儿，否则你不能从这桥上通过。"

"不，不，"托尔说道，"我不会听信任何人的安排把守护阿斯加尔德的锤子落下。如果那样做了，说不定我和奥丁，还有其他伙伴会有去无回。"

"还有另外一条路也可以到乌尔德之泉，"海姆达尔说道，"看看那两条云之大河，科莫特和欧莫特，你能蹚过去吗？虽然河水冰冷，使人战栗，不过能引导你到达乌尔德之泉，那是命运女神所在的地方。"

托尔俯身注视那两条波涛汹涌的大河。的确，一个人形单影只地蹚过冰冷而又令人窒息的河流确实很难。不过，要是他能蹚过去的话，就可以把雷霆之锤扛在肩头而不用把它交给别人保管。托尔踏入彩虹桥下奔流的那条云河，肩上扛着他的锤子，艰难地从这条河向另一条河跋涉。

托尔好不容易从云之大河中挣扎着出来，累得喘不过气来，但是仍然把锤子扛在肩上。那时奥丁、提尔和巴德尔已经到了乌尔德之泉旁边。

三位命运女神乌尔德、贝璐丹迪、斯古尔特坐在泉水边，那眼泉水从伊格德拉西尔巨大树根边的洞穴中流出。乌尔德年纪较大，满头白发；贝璐丹迪非常漂亮；斯古尔特的长相则很难分辨，因为她坐得很远，头发遮住了面容和双眼。三位女神知道关于过去、现在和将来的一切。奥丁端详着她们三个，

甚至直视斯古尔特的双眼。他用神的目光凝视着命运女神，许久许久。此时其他神明则在聆听天鹅的呢喃，以及伊格德拉西尔的树叶飘落到乌尔德之泉的声响。

从她们的眼中，奥丁看到尤金和莫宁之前告诉他的不祥之兆变得越发鲜明具体。现在其他神祇（"神"指天神，"祇"指地神，"神祇"泛指神。祇，qí）也跨过彩虹桥，纷纷到来。她们是弗丽嘉、西芙和南娜，分别是奥丁、托尔和巴德尔的妻子。弗丽嘉注视着命运女神，接着又瞥了儿子巴德尔一眼，满怀爱意和悲伤。然后她收回视线，把手放在南娜头上。

奥丁不再注视命运女神，他将目光转向自己的妻子、威严的王后弗丽嘉，说道："我要离开阿斯加尔德一阵子，我的妻子。"

"好的，"弗丽嘉回答，"你在人间米德加尔德确实有很多事必须去做。"

"我会把我所拥有的知识转化成智慧，"奥丁说道，"那样的话，那些注定要发生的事，就能最大限度地向好的方向发展。"

"你应该去弥米尔之泉（即智慧之泉，弥米尔是智慧之泉的看守者）一趟。"弗丽嘉说。

"好，我会去那儿一趟。"奥丁答道。

"那快去吧，我的丈夫。"弗丽嘉说道。

接着他们又再次跨过彩虹之桥，这桥比大地上人们所见的任何彩虹都更加美丽，更加摇晃。阿萨男女诸神：奥丁和弗丽嘉、巴德尔和南娜、手握宝剑的提尔和托尔的妻子西芙，又再次穿越彩虹之桥。至于托尔，他仍然把雷霆之锤米奥尔尼尔扛在肩膀上，艰难地在云之大河中跋涉。

当奥丁和妻子弗丽嘉低头穿过大门时，阿斯加尔德最小的神祇赫诺丝也在那里，站在诸神的守卫者同时也是彩虹桥的看守者海姆达尔的身旁。"明天，"赫诺丝听到奥丁说道，"明天我将化名为威格坦姆，到人间米德加尔德和尤腾海姆去走一趟。"

西芙的金发

火神洛基是阿萨神族中最令人头疼的天神，他诡计多端，喜欢搞恶作剧捉弄别人，经常在阿斯加尔德兴风作浪。

一天，洛基又瞄到了一个机会，这让他的心雀跃不已。他看到雷神托尔的妻子西芙正躺在屋外睡觉，一头迷人的金发披散着。洛基深知托尔多么喜爱西芙的这一头秀发，也明白西芙多么以此为傲。他自觉有所作为的时机到了，好不得意地拿出剪刀，剪掉了那一头金发，没留下一丝一缕。当这一珍宝被夺走的时候，西芙并未察觉。洛基给西芙留下的是一个被修理过的光光的脑袋。

托尔之前出门在外，当他返回诸神之城，走进家门，发现妻子并未同先前那样在家里迎接他的到来。他叫西芙的名字，也不再有甜美的回应。托尔寻遍了诸神的居所，也没有找到他那留有一头金发的娇妻。

等他再回到自家屋前的时候，听到有人小声念叨他的名字，他停了下来，一个人影从石头后面闪现。那个人头上披着面纱，一开始，托尔几乎没认出来那就是他的妻子西芙。当他向她走去，西芙不停地抽泣。

"哦，托尔，我的丈夫，"她哽咽道，"别看我，你的目光会让我无地自容。我应该离开阿斯加尔德，离开诸神的陪伴。我要去斯华特海姆，和那里的矮人们生活在一起。我不能忍受阿斯加尔德众神将要看我的眼神。"

托尔不解地大声喊道："哦，西芙，到底发生了什么事让你变成现在这样？"

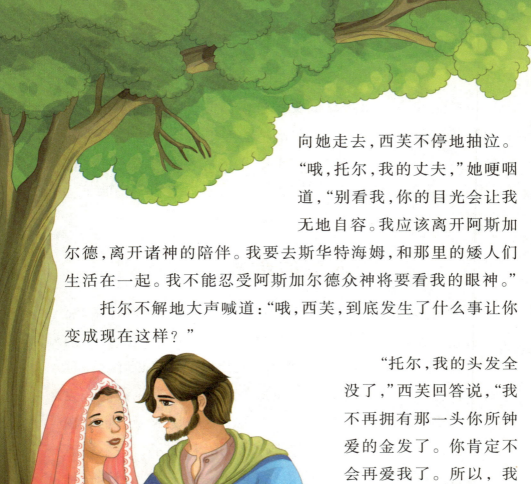

"托尔，我的头发全没了，"西芙回答说，"我不再拥有那一头你所钟爱的金发了。你肯定不会再爱我了。所以，我得离开这里，下到斯华特海姆去，与那里的矮人们做伴，我现在的样子同他们一样不堪。"

说罢，西芙揭下了头上的面纱，托尔发现她的秀发不翼而飞。她站在他面前，羞愧难当，悲痛欲绝。见此情景，托尔怒火中烧。"西芙，这是谁干的？"他问，"我托尔可是阿斯加尔德众神中最强壮有力的神，我保证会集诸神之力为你讨回公道。跟我来吧，西芙。"他拉着西芙的手去了议事大厅，那是诸神集会的地方。

西芙重新用面纱遮头，不想让诸神目睹她光秃秃的脑袋。但看到托尔双眼迸发的怒火，众神明白西芙受到了不可饶恕的伤害。托尔向他们讲述了西芙的遭遇。很快，窃窃私语如涟漪在议事大厅中扩散开来。大家交头接耳："这一定是洛基干的，在阿斯加尔德除了他，没有人能干出这种伤天害理的事来。"

"正是洛基干的，"托尔说道，"现在他已经躲藏起来，但是我会把他揪出来，亲手将他碎尸万段。"

"不要这样，托尔，"众神之父奥丁开口劝解道，"阿斯加尔德诸神没有谁能杀死谁。我会召唤洛基到我们面前，你让他想办法使西芙美丽的金发复生。你要记得，洛基这个人有许多鬼点子，许多事情他都能办到。"

接着，奥丁的传令响彻诸神之地，洛基听到了诏令，不得不离开藏身之地，到诸神聚集的议事大厅去。面对托尔的熊熊怒火、奥丁的冷若冰霜，洛基知道他不得不为自己对西芙所做的坏事做出补偿。

奥丁开口道："洛基，你眼下必须做的是恢复西芙的一头秀发。"

洛基看看奥丁，又看看托尔，明白奥丁所说的必须要办到。他灵活的脑瓜儿左思右想怎样才能使西芙的一头金发复生。

"奥丁，众神之父，我会按您的旨意行事。"他这样答道。

在向你们讲述洛基如何复原西芙秀发的故事之前，我得先向你们介绍那时除了阿萨神族，世间还存在的其他神灵。首先是华纳神族。当阿萨男神来到他们将兴建阿斯加尔德的高山峻岭，在那儿发现了另一神族的存在。他们不像巨人族那样邪恶丑陋，而是美丽友善。阿萨诸神称他们为华纳诸神。

虽然华纳神族长相俊美，性格和善，不过他们并没有把世界变成一个更美丽、更幸福的居所的宏愿，而阿萨诸神则以此为己任，这也是两大神族的区别所在。阿萨神族与华纳神族和睦相处，后者也愿为前者的志愿助上一臂之力。

在阿斯加尔德脚下，地面附近，还有其他群体——美丽的精灵，他们四处展翅起舞，照料树木和花草。华纳神族获准管理他们。在地下的山洞和山谷里，有另外一个族群，他们是身材矮小、身形扭曲的矮人和地精。他们虽然既邪恶又丑陋，却有着世上最精湛的铁匠技艺。

在不受阿萨诸神和华纳诸神待见的那些日子里，洛基曾到过地下侏儒们的聚集之地斯华特海姆。现在他受命要恢复西芙的秀发，便想到也许可以从侏儒那里得到些帮助。

洛基沿着地底的风道一直往下走，最终来到对他最友善的侏儒们的打铁作坊。所有的侏儒都是打铁高手，他看见他们手握铁锤、铁钳，把金属打成不同的形状。他在一旁观摩了一会儿,留意他们所造之物。其中一件是一支长矛,打造得如此匀称,能击中任何瞄准的目标,不管投掷者的技术有多么糟糕。另一件是一艘船,可以在任何海域航行,折叠之后竟然可以装进口袋。这杆长矛叫冈尼尔,这艘船叫斯基布拉尼尔。

洛基与矮人们打成一片,夸赞他们的手艺,允诺赠给他们只有阿斯加尔德诸神给得起、矮人们眼红已久之物。洛基滔滔不绝地忽悠,直到这些外貌丑陋的家伙以为自己有朝一日能把阿斯加尔德及其中的一切据为己有。

最终,洛基开口问道:"你们可有上好的金条能打成美丽至极的金丝,就如同托尔之妻西芙的金发?只有侏儒才能造出如此精湛之物。啊,那边就有金条,把它打成上好的金丝,诸神将会嫉妒你们的作品。"

被洛基吹捧得晕头转向,打铁作坊里的矮人们拿出上好的金条,投入炉火当中。接着把它取出放到砧铁(打铁时垫在底下的钢块,硬度大。砧,zhēn)之上,用他们的小锤子反复敲打,直到打成细丝,精致细密如人的发丝。但是这还不够,他们还必须把这些细丝打成犹如西芙秀发那般美丽,世上无一物可以与之比肩。他们一遍又一遍地锤打那细丝,直到它们可与西芙头上的金发相媲美为止。这些金丝同阳光一样夺目闪亮,当洛基撩起一股打造完成的金线,它们竟从他抬起的手中滑落到地上。那是如此精巧,可以放在洛基掌中,又是如此轻盈,鸟儿都觉察不到它们的分量。

这下洛基对矮人更加溜须拍马,对他们许下的承诺也越来越多。他们全都对洛基充满敬意,纵使平日他们其实并不

友善且生性多疑。最后洛基在离开之前，向他们索要之前看到的他们打造的长矛和船，就是冈尼尔之矛和斯基布拉尼尔云船。侏儒把这些通通给了洛基，虽然事后他们自己也对当初的举动感到诧异。

洛基回到了阿斯加尔德，走进诸神聚集的议事大厅。这次面对奥丁严厉的目光和托尔愤怒的眼神，他以微笑打趣着应对："哦，西芙，摘掉面纱吧。"当可怜的西芙揭下面纱的时候，洛基将掌中所握的绝美金丝置于她光秃秃的脑袋上。金丝从西芙的头顶倾泻至她的双肩，和她之前的头发一样美丽，一样柔软，一样夺目。阿萨男女诸神和华纳男女诸神看到西芙的头上重披金发，光泽闪耀，高兴地欢笑鼓掌。那一头耀眼的金丝在西芙头上看起来就像是真的重新生长出来一般。

探访智慧泉

来到人间米德加尔德的奥丁，不再身跨八足骏马，不再身穿金色铠甲，头上不戴鹰盔，甚至连长矛都没拿。他漫游于米德加尔德，那里是人类的世界，接着又朝尤腾海姆前行，那里是巨人的国度。

他不再是众人口中的诸神之父，而是流浪汉威格坦姆。他身披深蓝色的斗篷，手中拄着旅行者常用的拐杖。他朝弥米尔之泉走去，这眼泉水位于尤腾海姆附近，在半路上他碰到了一个骑着壮实雄鹿的巨人。奥丁能够随机变化，若遇人类就化身凡人，若遇巨人则化作巨人。他大步流星，走到巨人身

边，两人并肩前行。奥丁开口问道："嘿，兄弟，你是谁？"

骑着雄鹿的巨人回答："我是瓦弗鲁尼尔，在巨人中最有智慧。"这下奥丁心知肚明。瓦弗鲁尼尔在巨人中确实最睿智博学，很多人都想方设法要从他那里获得智慧。不过，向瓦弗鲁尼尔求教的人，必须要回答他提出的问题，如果答不上来，巨人就会拿走他的脑袋。

"我是流浪汉威格坦姆，"奥丁说道，"我现在已经知道你是谁了。哦，瓦弗鲁尼尔，我有事要借用你的智慧。"

巨人露齿笑道："哈哈，那样的话我打算跟你打个赌，你知道赌注是什么吗？如果我答不出你的问题，就把脑袋给你。如果你答不出我的问题，那你的脑袋归我。呵呵呵，让我们开始怎样？"

"我准备好了。"奥丁回答。

"那你告诉我，"瓦弗鲁尼尔问道，"把阿斯加尔德与尤腾海姆分隔开来的那条河流叫什么名字？"

"那条河名叫伊芬，"奥丁答道，"伊芬河的水冷得要命，可是从不结冰。"

"哦，流浪汉，这个问题你答对了，"巨人说道，"但是你还得回答我的其他问题。白昼和夜晚两位神明，驾着马儿穿越天际，他们所驾的马分别叫什么名字？"

"是斯京法克斯和赫利姆法克斯。"奥丁回答。听到这个陌生人能说出这些，瓦弗鲁尼尔非常吃惊，这是只有诸神和最有智慧的巨人才知道的名字。在轮到面前这位陌生人向他提问之前，他只剩最后一个发问的机会。

"那你告诉我,"瓦弗鲁尼尔问道,"将来世间的最后一战,会在哪个平原上打响?"

"维格里德平原,"奥丁回答,"它有一百里长,也有一百里宽。"

现在轮到奥丁向瓦弗鲁尼尔提问了。"奥丁在他的爱子巴德尔耳边说的最后一句悄悄话,会是什么?"他问。

巨人瓦弗鲁尼尔听到这个问题大吃一惊。他从鹿背跳到地上,用锐利的眼神上下打量奥丁:"只有奥丁才知道他最后留给巴德尔什么话,也只有奥丁会问出这样的问题。流浪汉,你就是奥丁吧,你的问题我回答不了。"

"如果你还想保住脑袋,那就回答我一个问题,"奥丁说道,"如果要向智慧之泉的看守者弥米尔讨一口水喝,他会开出什么样的条件?"

"他会要讨水的右眼作为代价。"瓦弗鲁尼尔答道。

奥丁问道:"他是否愿意接受讨价还价?"

瓦弗鲁尼尔回答:"他不会降低价码。许多人都向他讨过一口智慧泉水,但是没有一个人付得起代价。哦,奥丁,我已经回答了你的提问。现在收回你的成命,让我继续赶路吧。"

"好吧,我这就收回。"奥丁回答。就这样,瓦弗鲁尼尔——巨人中最有智慧者,骑着那头壮实的雄鹿离开了。

弥米尔对这一口智慧泉水的开价实在太高,众神之父奥丁得知后,也忧心忡忡。毕竟那可是他的右眼,在他的余生中右眼都将漆黑一片!想到这里,他差点儿就要放弃对智慧的追求,反身折回阿斯加尔德。

83

奥丁漫无目的地向前走着,既没朝向阿斯加尔德,也没往智慧之泉所在的方向前进。他朝南方走去,望见真火之国穆斯帕尔海姆,苏尔特尔手握火焰之剑站在那里。苏尔特尔是一个可怕的人物,日后巨人同诸神交战之时,他会加入巨人一方同诸神对抗。奥丁往北走去,耳边传来不竭之泉赫瓦格密尔的咆哮,它的水流从尼弗尔海姆倾泻而出,那里是黑暗可怖的雾之国度。奥丁心中明了,不能让世界落入苏尔特尔之手或尼弗尔海姆的人手中,前者会用烈焰将它摧毁,后者会使它回归黑暗虚无。作为众神之父,他必须赢得智慧,以拯救世界。

这样思量之后,面对即将遭受的损失和痛苦,众神之父奥丁神色凝重决绝,他转身朝着智慧之泉走去。泉水位于世界之树伊格德拉西尔的巨大树根下方——那树根从尤腾海姆长出。智慧之泉的看守者弥米尔坐在泉边,正集中精神用他那深邃的眼神窥视着深泉。他每天从智慧之泉中取水来喝,对来人的身份一清二楚。

"嘿,奥丁,众神中最年长的那个。"弥米尔开口说道。

奥丁向众生中最有智慧的弥米尔表达了敬意,然后说道:"弥米尔,我想喝一口你的泉水。"

"要喝水就必须付出代价。过去所有的求水者,都在这个关卡面前退缩了。奥丁,众神中最年长者,你愿意付出相应的代价吗?"

"弥米尔,我不会因注定要付出的代价而退缩。"奥丁回答。

"那就请吧。"弥米尔说道。他用一只巨大的牛角杯舀出泉水,递给了奥丁。

奥丁双手捧杯,咕噜咕噜地喝着。随着水流入腹,未来的事情在他眼中变得清晰起来。他看到了最终会降临在诸神和人类身上的灾难和不幸,明白了这些灾难必然降临的原因。同时,他也知晓了诸神和人类怎样面对痛苦和灾难,才能在那些苦难的日子里行事高贵,从而在世间留下一股力量,这股力量有朝一日能摧毁给世界带来恐惧、悲伤和绝望的邪恶力量,尽管那一天还非常遥远。

　　喝光弥米尔巨大牛角杯里的水,奥丁将手伸向脸庞,挖出了自己的右眼。众神之父奥丁强忍剧痛,没有发出一丝呻吟和抱怨。他低下了头,用斗篷遮住了脸。此时弥米尔接过右眼,将它沉入智慧泉的深处。奥丁的右眼就一直留在了那个地方,透过水流发出闪闪亮光,向来者诉说众神之父为获得智慧而付出的代价。

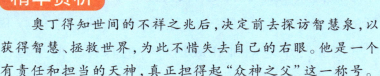

精华赏析

　　奥丁得知世间的不祥之兆后,决定前去探访智慧泉,以获得智慧、拯救世界,为此不惜失去自己的右眼。他是一个有责任和担当的天神,真正担得起"众神之父"这一称号。我们在生活中也要明确自己的责任,从小事做起,用心把自己职责范围内的每件事做好,这样才可能成就一番大业。

凯尔特神话

芬恩获得智慧

穆尔娜在丈夫库麦尔死后，到布鲁姆山中的森林里避难。在那里，她生下一个男婴，并给他起名叫戴姆那。因为害怕敌人会发现这个孩子并杀害他，她便将孩子交给在原始森林里居住的两位老妇人喂养，而她自己则嫁给了凯利的国王。然而，当戴姆那长大成人后，人们都叫他芬恩（爱尔兰最著名的传奇英雄之一，他是大名鼎鼎的"费奥纳骑士团"的杰出的领袖。芬恩与他部下费奥纳勇士们的冒险故事至今仍然是爱尔兰民间传说中极为重要、最受欢迎的部分）。后来，他便以此名为人所知。

芬恩做的第一件事就是杀了利阿——那个持有芬恩战士财宝箱的人，并接管了财宝箱。然后，他找到了他的叔叔克里莫，克里莫和几个老厨师在康纳希特的森林里的洼地中过着贫困艰难的生活。芬恩赐给他们一批随从和侍卫，这些人都是从他的亲信组织中挑选出来的，并将财宝箱也交给他们保管。他自己则去向费讷加学习诗学和科学。

费讷加是一位德鲁伊教（一个在古英国凯尔特文化中占据统治地位的宗教组织。德鲁伊教士精通占卜、祭祀，也长于历法、医药、天文和文学等多个领域。他们也是执法者、吟游诗人、探险家的代名词。他们拥有权力而备受尊敬,是君王的顾问及百姓的统治者)的圣人,居住在博因河边。河边的榛子树枝上的知识之果会掉落到河里,就在那些树枝下面的水流里,生活着一条名叫芬坦的博学鲑鱼。据说任何人只要吃了这条鱼,就会拥有那个时代所有的智慧,并能够预见未来。

在芬恩做他的学生之前,费讷加很多次试图抓住这条鲑鱼,但都失败了。芬恩成了他的学生之后,有一天,他抓住了这条鱼,并让芬恩去烤。费讷加一点儿鱼肉也不允许芬恩吃,只让他在鱼烤好时告诉自己。

当芬恩把烤好的鲑鱼拿来给费讷加时,费讷加发现芬恩的肤色变了,于是就问他:"你吃这条鱼了吗?"

"没有,"芬恩答道,"但是当我把它放到烤架上时,我的大拇指被烫了,我就把大拇指放到嘴里了。"

"把这条鲑鱼拿去吃掉吧,"费讷加说道,"因为在你身上,预言变成了事实。你走吧,以后我不能再教你了。"

从此以后,芬恩就变得异常聪明,就如同他的强壮、大胆一样令人惊异。

奥西恩返乡记

奥西恩是爱尔兰大英雄芬恩的儿子,他的母亲萨布被一个邪恶的德鲁伊教教徒变成了一只鹿,他自己则被海神带到了海外的青春之国。

一匹雪白的骏马驮着他和海神来到海边,轻快地从海浪

上飞越而过。不一会儿，爱尔兰的森林、海岬都消失在视野里了。现在，强烈的阳光直射下来，他们驰入了一片金色的薄雾之中。奥西恩完全迷失了方向，不知道自己到底是在陆地上还是在海洋上。雾中有时会出现一些奇异的景观：宫殿隐约闪现，却很快又消失不见；一只无角的雌鹿在他们旁边跳跃，后面有只独耳白猎犬在追它；一个手捧金苹果的年轻女子骑着一匹棕马从他们身边驰骋而过，后面紧跟着一个骑白马的马术师，手里握着一把金柄的剑，紫色的斗篷在他身后翻飞。奥西恩想知道这些幻象到底是什么，但最终一无所获。

奥西恩娶了海神的女儿南木公主为妻，在青春之国度过了三百年的快乐时光。奥西恩感到自己已享尽了所有快乐，开始渴望回到自己的国土，再次见到自己的朋友。他许诺说当完成这些意愿后就会回来，于是，南木将那匹曾带他飞越大海来到仙境的雪白的仙骑给了他，并警告他说当他到达爱尔兰后，千万不要下马，双脚不能触碰到爱尔兰的国土，否则，返回青春之国的道路将永远向他封闭。

随后，奥西恩就出发了。他再次穿越了那片神奇的海域，来到了爱尔兰的西海岸。他开始向阿兰山前行，因为以前芬恩的住所就在那里。但奇怪的是，当他穿过森林时，连一个芬恩战士也没看到，只看到零零散散的几个人在田里耕作。

最后，他终于穿过林间小道来到了以前阿兰山耸立的地方。以前，阿兰山周围是一大片绿油油的草地，周边被堤垒围着，里面有许多白色墙壁的住宅，中央是一座高大宏伟的大厅。然而，现在映入奥西恩眼帘的却是一个个荒草丛生的小圆丘，有一头黄牛在那里吃草。

　　看到这里，奥西恩突然感到一阵莫名的恐惧，他觉得是仙境的某种魔法蒙蔽了自己的双眼，自己现在看到的只是假象。于是，他张开双臂，大声呼喊着，同时伸长了耳朵想捕捉最微弱的沙沙声和耳语声，可是他听到的却只有丛林里传来的风声。奥西恩感到万分恐惧，于是策马向东海岸驰去。他想穿越整个爱尔兰，希望从自己所中的魔法中逃离出来，看到事情的真相。

　　然而，当奥西恩到达东海岸附近一个叫作斯路什峡谷的地方时，他看到田野里有一群人在努力将一块巨石从他们的耕地里推开，旁边有一个监工在指挥他们。于是，奥西恩便向这群人奔驰而去，想去问问他们关于芬恩和芬恩战士的事。当他靠近时，那些人都停止了手里的活儿，盯着他看。在他们看来，他像是一个来自仙族的信使或是一个来自天堂的天使。因为奥西恩比他们所认识的人都高大得多，有着冰蓝色的双眼、棕色的皮肤、红润的脸颊、珍珠般亮白的牙齿，头盔下边是一簇簇光亮的头发。奥西恩看到他们因操劳过度而身形瘦弱，而他们竭尽全力想要挪动的巨石却纹丝不动。

　　看到这些，奥西恩心中充满了同情，想道："当我离开爱尔兰前往青春之国时，这儿最低等级的人也不至于这么可怜。"

　　于是，他从马鞍上弯下腰来帮助他们。他把手放在巨石上，使劲一拉，就举起了它，然后把巨石从山上滚了下去。人群中响起了一片欢呼声。然而不一会儿，那阵欢呼声就变成了一片惊恐的叫喊声。那群人开始四处逃散，推推搡搡着想要逃离这让他们感到恐惧的地方。这都是因为刚才这里发生了一场让人胆战心惊的变化：奥西恩因为刚才拉巨石时扯裂了马鞍带而从马上摔落到地上。一眨眼间，那匹白色的骏马就像一阵烟似的从他们眼前消失了；从地上跌跌撞撞站起来的也不再是方才那个年轻力壮的小伙子了，而是一个年老体弱的白胡子老头儿，他一边伸手摸索着，一边痛苦地呜咽着；他原来那深红色的斗篷和丝般光滑柔顺的黄袍子变成了粗布衣衫，用一根麻布带子系着；他原来的金剑柄也变成了粗糙的栎木柄，就像讨饭的乞丐手里拿的木棍一样。

当那些人看到厄运并不是冲着他们来的，就又回来了。他们看到那个老头儿伏在地上，将脸深深地埋在臂弯里，便走过去扶他起来，询问他是谁，发生了什么事情。

奥西恩用浑浊的双眼环视了下四周，最后说道："我是芬恩之子奥西恩。求求你们告诉我他住在哪儿，他以前在阿兰山上的住所已经一片荒芜。我从西海岸到东海岸，都没有找到他，也没有听到他狩猎的号角声。"

那些人听了都面面相觑，那个监工问道："爱尔兰有很多叫芬恩的，你说的是哪个？"

奥西恩答道："当然是库麦尔的儿子芬恩，爱尔兰芬恩战士的首领。"

监工说道："你个蠢家伙！你刚才还让我们都愚蠢地以为你是个小伙子，不过现在我们都反应过来了！库麦尔之子芬恩和他那一代人在三百年前就已经死了，芬恩之子是在歌拉之战中倒下的，而芬恩是在布瑞阿之战中死去的。至于奥西恩，没人知道他是怎么死的，但是在大人物的盛宴上，竖琴师经常演奏他遗留下的诗歌。"

精华赏析

奥西恩在青春之国度过了三百年的快乐时光，当他回到家乡时，发现一切都面目全非了，他自己也由一个英俊、强壮的小伙子，瞬间变成了一个衰弱的老头。奥西恩的故事告诉我们，在时间的长河里，人是很微不足道的，哪怕曾经是伟大的人。

罗马神话

丘比特和普叙刻

从前，一位国王有三个女儿，都长得很漂亮。小女儿普叙刻的容貌之美更是远远超过两位姐姐，以至于当她站在她们身旁时，简直就像是一位女神与凡人并肩而立。她的绝代姿色闻名遐迩，到处都有人远道而来，怀着惊奇和仰慕之情一睹她的风采，并向她表示极大的敬意，仿佛她真的是一位女神。他们甚至说，连美神维纳斯也比不上这个凡人。越来越多的人争相对她的美貌顶礼膜拜，再也没有人想到维纳斯了。维纳斯的神殿受到了冷落，她的祭坛积满冰冷的灰尘，她心爱的城镇也荒芜倒塌了。一切曾经属于她的荣耀如今都落到了一个寿命有限的凡间少女身上。

可想而知，女神自然不甘心忍受这样的冷遇。平时，每当她有了麻烦，都会向她的儿子求助，这次也不例外。她的儿子就是长着翅膀的美少年丘比特，也有人称之为小爱神。无论是在天上还是地上，都没有人能够抵挡他的神箭，一旦被射中，就会备受爱情的煎熬。女神向儿子道出了委屈，于是他照例准备执行母亲的命令。"运用你的神力，"她说，"让她疯狂地爱上全世界最卑贱、最可鄙的家伙。"假如维纳斯没有先让他看见普叙刻的话，他无疑是会照办的，可是，妒火中烧的维

92

纳斯没有想到,普叙刻的美貌竟然也会对小爱神发生作用。他一看到她,就好像他向自己心坎里射了一箭似的。他一句也没有对母亲说,因为他简直连说话的力量都没有了。而维纳斯却以为他会立即将普叙刻引向毁灭之路,便满怀信心、高高兴兴地走了。

然而,事情的发展却与她的预料恰恰相反。普叙刻并没有爱上什么卑鄙可怕的家伙,甚至根本就没有爱上任何人。更加奇怪的是,居然也没有人爱上她。男人们只是来一睹芳容,惊叹一番,膜拜一番,然后就去跟别人结婚了。她的两个姐姐远远比不上她,但却风风光光地嫁给了两位国王。绝代佳人普叙刻怅然独坐,她只受到了赞美,却从未得到过爱情,因为没有男人想要娶她。

她的父母当然为此感到非常不安。最后,她的父亲前往太阳神阿波罗的一座神谕宣示所,向神祇请教怎样才能为女儿找到一位好丈夫。神祇做出了答复,但是他的话相当可怕。原来,丘比特曾把事情的原委告诉阿波罗,求他帮忙。于是阿波罗对普叙刻的父亲说,普叙刻必须身着重孝,登上一座岩丘的顶端,独自留在那里,她命中的丈夫——一条比诸神还要强大、可怕的带翼大蛇将到那里去找她,娶她为妻。

当普叙刻的父亲把这个可怕的消息带回家时,全家人的哀痛之情可想而知。他们为少女穿上只有在死亡时才会穿的衣服,带她登上了岩丘,他们的神情比把她送进坟墓还要悲痛。普叙刻自己却很勇敢,她对大家说:"你们早就应该为我哭泣,因为美貌害我遭到天妒。现在你们走吧,要知道,我很高兴这

一切终于可以了结了。"他们伤心欲绝，只得撇下这个美丽而又无助的女孩，让她独自面对厄运。回宫之后，他们闭门不出，整天在宫里哀悼她。

此时普叙刻坐在笼罩着一片黑暗的山顶，等待着未知的恐怖命运。她一边哭一边发抖，这时一股柔柔的微风悄悄地吹了过来，那是西风之神仄费耳呼出的轻柔气息，是最温和、最怡人的风。她觉得自己被这股和风托了起来，飘离了岩丘，落在一片像床铺般柔软、开满芬芳花朵的碧绿的草坪上。这个地方是如此宁静，使她忘却了一切烦恼，进入了梦乡。醒来一看，她正躺在一条清澈的小河边，河岸上有一幢富丽堂皇的大厦，好像是专为神祇建造的，它以黄金为柱、白银为壁，地板上镶嵌着名贵的宝石。大厦里寂静无声，好像没有人居住。如此辉煌壮观的景象令普叙刻心中充满敬畏，她慢慢地走上前去，在门槛上犹豫不决，这时她的耳边忽然响起了几个人说话的声音。她看不见人，但是他们的话清晰地传入她的耳中。他们告诉她，这幢大厦是给她住的，她必须勇敢地走进去，沐浴一番，恢复精神，然后有人会为她摆上一桌宴席。"我们是您的仆人，"那些声音说，"随时按照您的旨意行事。"

她有生以来从未享受过如此舒适的沐浴，也从未品尝过如此美味的饭菜。在她用餐的时候，四周响起了悦耳的音乐——好像有一个大合唱团在伴着竖琴的琴声歌唱，但她只能听到声音，却看不见人。在整个白天，除了有各种声音做她奇怪的伴侣，她一直孤单一人，但是她依稀感到，随着夜晚的降临，她的丈夫会和她在一起。事情的发展果然不出所料。当她感觉到他就在身边，听到他温柔的声音在耳边呢喃，她心中的一切疑惧顿时烟消云散。她不必亲眼看到他，就知道他既不是怪物也不是形状丑恶的东西，而是她渴望和等待已久的恋人和丈夫。

尽管这种若即若离的关系不能让她完全满足，但她仍然感到十分幸福。时间过得飞快。一天晚上，她那从未谋面的心爱夫君郑重地警告她说，她的两个姐姐将会带来危险。"她们要到你失踪的山顶上去为你哭泣，"他说，"但你千万不能和她们相见，否则你会给我带来巨大的悲哀，你自己也完了。"她向他许诺说她一定不会这么做。可是到了第二天，她想起两个姐姐，想到自己不能去安慰她们而整日悲泣。丈夫到来之后，她还在流泪，连他的爱抚都止不住她的悲痛。最后，他只得伤心地顺从她这个强烈的愿望。"你爱怎么做就怎么做吧，"他说，"不过你是在自取灭亡。"然后他又严肃地警告她，不要在任何人的怂恿之下偷看他，否则就会跟他永远分离。普叙刻大声叫道，她决不会这么做，她宁愿死上一百次，也不愿失去他。"但是容我见见我的姐姐吧！"她说。最后他伤心地同意了她的请求。

第二天早上，西风之神仄费耳将普叙刻的两个姐姐从那座岩丘带到了这里。普叙刻正在等候她们，心里非常快乐和激动。三姐妹很久没有谈过话了，她们简直无法表达各自的喜悦之情，只能流着眼泪紧紧相拥。然而，当两个姐姐走进宫殿看到宫中光彩夺目的奇珍异宝，品尝着华美丰盛的珍肴异馔，聆听着美妙悦耳的天籁之音时，她们的心中升起了一股强

烈的妒意，也生出了一种贪婪的好奇心，想知道这一切财富的主人和她们的妹夫到底是谁。但普叙刻信守诺言，只告诉姐姐他是一个年轻人，现在到远方打猎去了。然后，她送给她们很多黄金和珠宝，让西风之神载着她们回到岩丘那里去。她们欣然告辞，胸中却燃烧起熊熊妒火。在她们看来，与普叙刻的处境相比，她们自己的财富和幸运简直不值一提。愤怒与妒忌折磨着她们，以至于她们最后竟然密谋毁掉她。

那天晚上，普叙刻的丈夫又警告了她一次。他恳求妻子不要再让两个姐姐来了，她不肯听。她提醒他说，她从来都见不到他的面，难道也不能见别人的面吗？连她亲爱的姐姐也不能见吗？他像上一次一样屈服了。不久，两个坏女人带着精心制订的计划又来到他们家。

当她们向普叙刻询问她的丈夫长什么样的时候，她回答得支支吾吾、自相矛盾，因此她们确信她没有亲眼看见过他，也不清楚他是什么人。她们开始责备她隐瞒自己的可怕处境，不告诉她的亲姐姐。她们说确信她的丈夫不是人，而是阿波罗的神谕中预言过的那条可怕的大蛇，他现在当然对她很亲切，但是肯定会在某一天夜里翻脸无情，把她吞掉。

普叙刻被吓呆了，满腔恐惧驱走了爱情。她也常常奇怪丈夫为什么从来不让她看见他的真容，其中一定有着某种可怕的理由。她对他到底了解多少呢？如果他的相貌并不可怕，那么他不准妻子看见他的做法就太残忍了。在极端的苦恼之中，她结结巴巴地告诉两个姐姐，她无法否认她们的话，因为她一直是在黑暗当中跟他在一起的。她一边啜泣一边说道：

"他总是躲避日光，一定是出于非常可怕的原因。"于是她恳求姐姐们给她建议。

她们事先就想好了建议的内容：当天晚上，普叙刻要在床边藏一把尖刀和一盏灯，等丈夫一熟睡，就下床把灯点亮，拿起刀子，灯光必定会为她照亮这个可怕的怪物，她要咬紧牙关，把刀子猛刺进他的身体。"我们就藏在附近，"她们说，"等他一死，我们就带你走。"

然后她们走了，留下普叙刻一个人在那里犹豫不决、心慌意乱。她爱他，他是她心爱的丈夫。不，他是一条可怕的大蛇，她讨厌他。她愿意杀他——她不愿意杀他。她一定要查清真相——她不想查清真相。就这样，各种纷繁思绪在她脑中彼此争斗了一整天。然而，到了夜幕降临的时候，她不再进行思想斗争了。她决定去做一件事，那就是亲眼看看他。

当他终于静静地睡着之后，她鼓起全部勇气点亮了灯，蹑手蹑脚地走到床边，高举着灯盏凝视床上的人。噢，她顿时如释重负、喜出望外——出现在她眼前的不是怪物，而是一个最最俊美可爱的少年。在他面前，连她手中的灯火仿佛都变得更加明亮了。普叙刻为自己的愚蠢和多疑而羞愧不已，她跪倒在地上，想把尖刀刺进自己的胸膛，幸亏她的手发抖，刀子从手中落到了地上。这双颤抖的手救了她，但也正是它们泄露了她的举动。她站在他面前，心荡神驰地望着他。由于无法抗拒他的美貌的魅力，她忍不住多看了几眼。就在这时，一滴滚烫的灯油落在他的肩膀上，他惊醒了。他看到灯光，知道她违背了诺言，于是一言不发地离开了她。

　　她跟着他奔入夜幕之中,但她看不见他,只听见他的声音在对她讲话。他说出了自己的身份,伤心地向她道别。他说:"没有信任,爱情是不能持久的。"说完他就走了。她心里想:"小爱神! 他竟然是我的丈夫,而我这个卑鄙的人竟然不能对他守信。他永远离开我了吗? ……"然后她勇气十足地对自己说:"不管怎样,我可以用我的余生去寻找他。就算他已不再爱我,但我至少可以让他知道我是多么爱他。"于是她踏上了旅程。她不知道应该到哪里去,只知道她永远不会放弃寻找他的努力。

　　这时,丘比特已经回到他母亲的住处养伤。可是,当维纳斯听到他的故事并得知他选择的爱人是普叙刻时,顿时火冒三丈,她撇下他一个人在那里受罪,自己去寻找普叙刻——儿子的行为使她更加嫉妒这个姑娘,她决定要让普叙刻知道得罪女神的下场。

　　可怜的普叙刻绝望地四处流浪,力图争取诸神的同情和帮助。她不断地向他们热切祈祷,可是没有一位神祇愿意跟维纳斯为敌。最后,她看出自己在天上或人间都没有希望,于是决心孤注一掷——她要直接去找维纳斯,谦卑地委身为仆,让对方消气。她暗想:"说不定他本人就在他母亲家里呢!"于是她动身去找女神,而对方也正在到处找她。

　　她来到维纳斯面前,女神放声大笑,轻蔑地问她是不是来找新丈夫的,因为她原来的丈夫差点儿被她烫死,跟她断绝了关系。"说真的,"她又说,"你是一个讨人嫌的丑女孩,除非你勤勤恳恳地服苦役,否则休想找到情郎。所以,为了表示我的好意,我要在这方面好好训练训练你。"说完,她拿出一大堆颗粒很小的小麦、罂粟、黄黍等作物的种子,把它们混成一堆,说:"天黑以前,务必把这些种子区分开来。为了你自己,一定要好好干。"说完她就走了。

普叙刻孤零零地坐在那里,凝视着那堆种子。她的心里一片迷茫,因为女神的命令太残酷了。实际上,这项任务显然根本不可能完成,试也没用。就在这悲惨的一刻,这个人、神都不同情的姑娘却得到了田间最微小的动物——"赛跑健将"小蚂蚁的怜惜。它们互相召唤道:"来啊,可怜可怜这个不幸的小姑娘,尽力帮助她吧!"它们立刻一批一批地赶来,辛勤地划分和归类。终于,乱七八糟地堆在一起的种子被分门别类地摆放好了。维纳斯回来以后,看到了这种情形,非常生气。"你的工作还没结束呢!"她说。然后她给了普叙刻一块面包皮,命她睡在地上,而她自己则到又软又香的卧榻上去安歇。如果她能够让普叙刻不停地做苦工,再让她半饥半饱,那么她那可恶的美貌一定很快就会变丑。在那之前,她一定要让人牢牢地看住还在卧房中养伤的儿子。维纳斯对自己的安排很满意。

第二天早上,她又想出了一个差事给普叙刻做,这回是个相当危险的差事。她说:"在河岸边上那茂密的灌木丛中,有一群脾气暴躁、长着金毛的绵羊。你去给我弄一些金光闪闪的羊毛来。"当面容憔悴的姑娘走到那条缓缓流动的小河岸边时,她恨不得跳进去,结束她的一切痛苦和绝望。当她俯身对着河水时,突然听到从脚边传来一个细小的声音,低头一看,

原来是一根绿色的芦苇发出来的。它说:"千万别跳水自杀,事情还没有那么严重;绵羊确实很凶,不过你若是等到傍晚它们走出灌木丛到河边休息的时候,再走进密林去,就会发现尖尖的荆棘上挂着很多金羊毛。"

善良温柔的芦苇说完这番话之后,普叙刻便依照它的指示去做,终于为残酷的女主人带回好些金光闪闪的羊毛。维纳斯冷笑着收下了。"有人帮过你的忙,"她厉声说,"这一定不是你自己办到的。不过,我愿意给你一个机会,让你证明你确实像表现出来的那样勇敢和细心。看到从那边的山上流下来的黑水没有? 那是可怕的斯堤克斯河的源头。你到那里去把这个瓶子盛满黑水。"普叙刻走近瀑布,才看出这是一项最难完成的任务。四周的岩石十分陡峭,汹涌的瀑布令人生畏,唯有长着翅膀的动物才能靠近。不过普叙刻隐隐地感觉到了虽然她每次遇到的考验看上去都艰巨无比,但却总有一种绝妙的办法可以助她脱身。这回她的救星是一只老鹰,它展开翅膀在她身边盘旋,用尖嘴抢过她手中的圆瓶,然后为她带回了满满一瓶黑水。

然而维纳斯仍不罢休。她递给普叙刻一只盒子,要她把它带到冥界,请求冥后普洛塞耳皮娜把她的美丽装一点儿进去。普叙刻告诉她,维纳斯迫切需要那份美丽,因为她忙于照料病中的儿子,憔悴得要命。普叙刻照例服从了她的命令,动身寻找前往冥界的道路。她在途中的一座高塔里找到了行路指南。这份资料向她详细地说明了如何才能到达普洛塞耳皮娜的宫殿:首先穿过地里的一个大洞,然后走到死亡之河,在那儿她要交给船夫卡戎一枚钱币，请他载她过河。到了河对岸，有一条路直通宫殿。长着三颗脑袋的地狱之犬刻耳柏洛斯守在门旁，若给它一块蛋糕，它就会客客气气地放她进去。

事情的发展自然和高塔里的指南所预言的完全一致。普洛塞耳皮娜很愿意为维纳斯效劳。于是，大受鼓舞的普叙刻带着盒子飞快地回到了人间，速度远比她前往冥界时快得多。

下一场磨难是普叙刻自己造成的，起因在于她的好奇心和虚荣心——尤其是后一点。她很想看看这个盒子里到底装了什么"美的灵符"，甚至还想自己盗用一点儿。和维纳斯一样，她也知道自己由于吃尽了苦头，不可能比以前更漂亮，但她心里总有一个念头，那就是她也许会突然遇见丘比特。如果她能为他把自己打扮得更加迷人，该有多好！她无法抗拒这个诱惑，便打开了盒子。然而，盒子里面似乎空空如也，她什么都没有找到，这令她大失所望。可是，刹那之间，一股死一般的倦意包围了她，她昏昏沉沉地睡着了。

就在这个当口，小爱神走了过来。他的伤口已经痊愈，他十分想念普叙刻。要想把"爱"永久地囚禁起来，可不是一件容易的事情。维纳斯锁上了门，可屋里还有窗户呢，丘比特只要飞出去找他的妻子就行了。普叙刻就躺在宫殿旁边，立刻被他发现了。他当即抹掉她眼里的"睡意"，把它放回到盒子里。接着，他用一支箭戳了她一下，把她唤醒，责备了她几句，说她不应当这么好奇，然后又吩咐她把普洛塞耳皮娜的那盒礼物交给他的母亲，并向爱妻保证，一切都会好起来的。

普叙刻满心欢喜地跑去执行她的使命，小爱神则飞到奥

林匹斯神界。为了确保维纳斯不再找他们的麻烦，他直接去见万神之王朱庇特本人。朱庇特答应了丘比特的请求。

于是，朱庇特召集全体神祇开会，向大家——包括维纳斯在内——宣布丘比特和普叙刻正式结为夫妇，并提议把长生不死的特性赐给新娘。神使墨丘利带领普叙刻走进诸神的宫殿，朱庇特亲自把神粮赐给她，这会使她长生不死。这样一来，情势自然完全改观。维纳斯不能反对一位女神做她的儿媳，这门亲事堪称门当户对。

就这样，故事圆满收场。"爱"和"灵魂"（普叙刻的名字即为"灵魂"之意）彼此寻找，历尽艰辛之后终于找到了对方，他们的姻缘永远不会破裂，永远幸福地生活在一起。

精华赏析

这是一个诠释爱的含义的故事。因为普叙刻不相信自己的丈夫，所以丘比特离开了妻子，这说明爱存在的前提是信任；普叙刻到处寻找丈夫，历经艰辛，最终有情人终成眷属。这说明"爱"和"灵魂"只有历经艰辛，最终找到对方，才能实现最后的圆满。

非洲神话与传说故事

埃及神话

拉神的传说

拉神创世

传说,世界的原初,是一片混沌的海水。这一片海水就是天神的住处,这天神就是努。拉神,就是从海水上一个发光的蛋里诞生的。因此,他被认为是海水之神努的儿子。

拉神逐渐长大,他的神力也越发强大。他在世间感到寂寞,决定创造出其他神明。他先是创造了大气之神舒和他的妻子泰芙努特,泰芙努特是一位长着狮首的女神,她送来雨水,因此被称为雨水之神。舒和泰芙努特又创造一对神明——大地之神盖布和天空之神努特,然后他们结合生下了第四代,即农业之神奥西里斯和他的王后伊西斯、干旱之神塞特和他的妻子奈芙蒂斯。神的家族就这样不断壮大起来,后世的埃及人把上面的九位神明称为"九柱神"。

虽然世上有了许多神明,但此时天与地仍然是连在一起的,众神都生活在那片茫茫的海水之中,众神之王拉神决定开辟天地。他命令地和天从那片茫茫大海中升起来,于是天和地就在拉神的光辉照耀下升了起来。大气之神舒把努特举起

来，放在天上，于是女神努特造就了苍穹，笼罩着大地之神盖布。就这样，天地产生了，拉神用自己的光将天地之间照亮，世界终于迎来了光明。

然而伟大的拉神并不满足，他觉得这个世界太单调了，于是他又创造了天空中飞翔的鸟儿、河水中游荡的鱼儿、大地上生长的动物和植物，还创造了夜空中的月亮和繁星。世界一天天变得生机勃勃起来。最后，拉神流下了几滴眼泪，泪水落到地面上变成了一个个的人。人们不断繁衍生息，大地上处处都是热闹繁忙的景象。

完成这一切后，造物主拉神也成了地球上的第一位国王。拉神经常走出来看他所创造的世界，他变成人形，在人世间到处巡视。

拉神的真名

拉神有很多名字，是众神和人们所不知道的，其中一个最为神圣的，就是拉神的真名。正是因为有了这个名字，拉神才具有非凡的神力，变得越来越强大，而这个名字，是努神在开始时为他取的名字。不过，这个秘密的名字一直藏在拉神心中，其他的神并不知道他的这个名字究竟是什么。

女神伊西斯以知道数百万个神和精灵的真名与特性而著称。因为只要知道了哪个神或精灵的真名，她就能轻而易举地自由操控他的力量。但只有一位神的真名是她所不知道的，那就是年迈的众神之父——拉神。在伊西斯厌倦了人间的生活，回到天国后，为了让自己的儿子荷鲁斯拥有像拉神那样强大的统治天地的权力，她开始变得野心勃勃。她寸步不离地跟在拉神身边，密切注意他的一举一动，想寻找机会探知拉神的真名。

千万年过去了，此时的拉神已经衰老得连嘴巴都闭不紧了，当他说话时，口水就会沿着嘴角滴滴答答地流到地上。有一次，伊西斯悄悄把拉神的口水和着泥土捡回去。把泥土和好烘干后，伊西斯把它做成了一支长矛，又施魔法把长矛变成了一条毒蛇。

她把毒蛇偷偷放在拉神经常巡视的地方，而这条蛇是众神和人类看不见的。不久之后，当拉神在众神的陪伴下路过时，那条毒蛇突然扑上去狠狠地咬了他一口。很快，灼人的毒液流遍了拉神的全身，就像尼罗河发大水时在埃及的土地上泛滥一样，他忍不住痛苦地大声叫了起来，陪同他的众神听到后，大惊失色，一时不知道如何是好。

大家关切地问道："尊贵的拉神，您这是怎么了？"

拉神强忍着剧痛，说："我被一种不知道名字的东西咬了，全身疼痛无比。"

众神都很诧异："怎么可能？您是最伟大、最厉害的神，什么东西能伤害得了您呢？"

拉神控制了一下他的情绪说："我的孩子们，我现在身体剧痛，仿佛有无数火苗在我体内燃烧，又像有无数条河在我身体中流淌，将这痛苦带到全身各处。现在，我所有的孩子们，你们都聚在我身边，我需要你们念破除巫术的咒语，来减轻我的疼痛。"于是，所有的孩子都来到他身边，大家都很悲伤。

　　这时，伊西斯混在众神之中，她假装上前念咒语为拉神祛除疼痛，却压低声音威胁说："尊敬的拉神，我知道是一条毒蛇咬了您，我可以为您驱除这蛇毒，但您必须说出那个最秘密的真名。因为您的名字有法力，只有用这法力，我才可以帮您解除疼痛，否则您只能在这疼痛中被慢慢折磨而死。"

　　听了她的话，拉神悲伤地说："我的名字是造物主，我创造了天地和万物。你看，地球是我创造出来的，那些高山都是我亲手做成的；我创造了海，这才使尼罗河的河水灌溉了埃及的每一寸土地。我是众神之父，我给了你们生命。我创造了陆地和海洋里的一切动物。我张开眼睛，世界上就有了光明；我闭上眼睛，世界就陷入一片黑暗。我的那些名字，是众神所不知道的。而你如果知道了那个最秘密的名字，你就将获得巨大的法力，从而成为这个世界的统治者。"

　　然而伊西斯无动于衷，坚持要拉神说出自己的真名才肯帮助他缓解痛苦。

　　后来，疼得浑身颤抖的拉神无奈，只好向伊西斯说出自己的一些名字。破晓时他叫"克佩拉"，白昼时叫"拉"，傍晚时叫"塔姆"。伊西斯听了这些名字后并不满足，她还要拉神说出他最秘密的名字，即真名。

　　拉神担心一旦将自己的真名透露给伊西斯，她就会动用全部的力量来对抗他，并让荷鲁斯接掌王位。他很不想说，可毒液在自己的身体里沸腾着，他痛苦得浑身发抖，感觉自己的肉体像就要死去一样。最后，奄奄一息的拉神觉察到只有伊西斯才能医治自己的重伤，只好庄严地向伊西斯说出了自己

最秘密的名字——真名"兰"。

他说完后，一下子就在众神眼前消失了。

于是，天地间陷入一片黑暗。拉的秘密名字"兰"进入了伊西斯的体内。伊西斯又让她的儿子荷鲁斯念了一道咒语，迫使拉神交出他的两只眼睛——太阳和月亮。最后，"兰"进入伊西斯的心里，她让儿子荷鲁斯成了埃及的主神。

将拉神的神力完全转移到自己身上的目的达到后，伊西斯念起了符咒："毒液啊，你离开拉神的肉体吧。从他的心里、身体里出来吧，从他的口角流出来吧……现在，拉神活过来了，因为毒液已经被消灭了。"施过魔法后，毒液果然从拉神的身体里消失，拉神终于不再疼痛了。

拉神退位

拉神统治了人类千万年，他教会了人类创造发明，为人类趋吉避凶，降福于人间，因而深得古埃及人的爱戴和颂扬。

后来，他慢慢地年迈力衰了。这时候，他的一些臣民开始轻视他说："拉神真的老了，他的头发稀疏，牙齿脱落，眼睛黯淡无光，他甚至没有能力再统治我们了！"

拉神得知后很气愤，因为有人开始对他的威信产生了质疑，他们不但讲那些叛逆的话，甚至还想杀了他。

拉神一忍再忍，终于有一天他愤怒到了极点，便对跟随他的随从说："你们快去把我的孩子们叫来：舒神和泰芙努特女神、盖布和努特……还有把努神也请来。我有一件重要的事和他们商量，马上就去叫他们！"

于是众神按照拉神的意愿来到太阳城，一起向拉神礼拜。

拉神便对众神说："创造我的努神，以及我的孩子们啊！我创造了众神，创造了世间万物，创造了人类，所有人和神都应该尊重我才是。"

众神不明白发生了什么，连忙说："最尊贵的拉神！我们一直很爱戴您、尊敬您啊！我们对您不敢有一点儿怠慢和亵渎！"

拉神接着说："你们确实做得很好，然而，大地上的人类却开始说我的坏话了！我辛苦创造了他们，如今他们却对我没有丝毫敬意，我要惩治他们！我想把我所创造的东西全部毁灭。我要把整个世界变成一片茫茫大海，就像开始时那样！"

世界之初的大海之神努开口劝解："我的儿子啊，你虽然是我创造的，却比我强大得多。你的王位十分稳固，人们都很尊敬你。千万不要让世界回到原来的样子，否则一切努力就白费了！"

众神也都劝拉神息怒，然而拉神正在气头上，坚持要让人类得到应有的惩罚。后来众神提议："就让您的眼睛——您的女儿哈托尔女神下去惩罚世间的叛徒吧，她将把他们全都毁灭。"

拉神听从了众神的意见，放出了他的眼睛——哈托尔女神去惩罚人类。得到"神眼"后的哈托尔女神凶残嗜血，这项工作让她很开心，没过多久，她就杀死了许多人。

目睹血流成河的世间，拉神很后悔，他的怒火渐渐得到平息，他决定制止哈托尔女神的行为，想方设法挽救那些剩余的人类。

他将哈托尔唤回，劝她不要再屠杀人类了。

然而哈托尔已经杀红了眼，她对拉神说："父亲啊，人类不尊重您就应该受到严厉的惩罚。我要替您重重地惩罚他们，请您不要阻止我。"

拉神不知怎么办才好，征求众神的意见。众神说："有一种药草叫作'美德之草'，它的汁液和酒融合在一起，就像鲜血一样。可以用这个方法制造假的鲜血，嗜血的哈托尔喝下后会喝醉，就不能再去杀人了。"

于是拉神派出一些跑得比风还要快的使者去采集了许多"美德之草"，然后把这些草碾成汁液送到太阳城，让那里的妇女将草汁和大麦酒混合，这些和人血一样的啤酒装满了七千个坛子。

夜幕降临时，拉神下令把那些啤酒坛子搬到哈托尔女神歇息的地方，酒被倒了出来，淹没了那一带的田野，四周顿时变成了一片血海。

天亮了，哈托尔女神醒来，当她看见大片的血海，以为人类都被自己杀光了，就高兴地俯下身子，开始忘形地大口吸起来。她拼命地吸啊，吸啊，结果被大麦酒灌醉了，她忘记了屠杀人类的事，又恢复成美丽的哈托尔女神了。

拉神说："美丽的女神啊，快回到天上来吧！"哈托尔女神终于回来了。

拉神说："既然你喜欢喝这种酒，今后我会叫侍女们为你酿造甘美的啤酒，让你喝个够！"

从此，每当尼罗河水泛滥，淹没埃及的土地时，人们便向哈托尔女神祭供啤酒和红石榴汁，以祈求神明的保佑。

人间的这场灾难终于结束了，人们对自己之前的行为感到非常后悔，他们抓住那些亵渎拉神的人，严厉地惩罚了他们。从此，人们又像以前那样虔诚地朝拜伟大的太阳神。

然而经过这场变故，拉神感到十分疲惫，他不愿再统治人类了。众神纷纷劝阻，希望他继续做人类和神明的统治者。但拉神态度坚决，他决定今后就住在天上，不再管理这个世界了。拉神派大气之神舒和天空之神努特去治理人类，后来又传位给了努特的儿子奥西里斯，让他来统治大地。

精华赏析

在埃及的神话体系中，是拉神创造了世间万物，但拉神与中国的盘古不同，他并没有在开天辟地之后因耗尽心力而死去，而是变成人形，亲自来人间统治这个世界。这说明在埃及神话体系中，神与人是一体的，地球上的统治者是神的化身，大家服从他就是服从天神；人类如果冒犯地球上的统治者，就会受到上天的惩罚。

非洲其他传说故事

纳米季·米真·玛扎和森林巨人

从前有个人自称纳米季·米真·玛扎,他每次从林子里回家,总要拉回来一棵大树,然后把树扔到地上,对着妻子说:"我是纳米季·米真·玛扎!"

妻子奚落他:"不要再说你是纳米季·米真·玛扎了,如果你看见了真正的纳米季·米真·玛扎,你会被吓跑的。"

但是,每次他都坚决回答道:"不!我就是纳米季·米真·玛扎!"

下一次拉回大树时,他还会这样说。

有一次,他妻子到井边去打水。她走到井边,只见那边放着一把皮制的长柄勺子,重得要十个人才能拿得起来。她拿不动勺子,舀不到水,正想回家去,这时候,一个背着孩子的女人来了。

"你背着空桶到哪里去?"背孩子的女人问她。

"井边有把长勺子,"她回答,"我拿不动,打不到水,只好回去了。"

"我来帮帮你。"

那个女人把背上的孩子放下来,这孩子还很小很小,总是被背在背上。孩子轻松地把长勺子拿起来,放进井里,打了水

112

上来。她们把所有器皿都装得满满的，又在井边把衣服洗干净，然后背着水一起走了。到了分手的时候，纳米季·米真·玛扎的妻子看见那个女人背着小孩儿朝树林里走去，非常奇怪，便问她："你到哪里去？"

"回家去。"

"那条路通往你家？"

"是的。"

"住谁的房子？"纳米季·米真·玛扎的妻子问那个女人。

"纳米季·米真·玛扎的。"那个女人说。

妻子非常惊奇，她一句话也没再说就回家去了。她回到家里，把碰见真正的纳米季·米真·玛扎的妻子和孩子的事告诉了她丈夫。

"明天我自己去看看。"丈夫说。

第二天天刚亮，她丈夫醒来了，拿起打猎的枪，把妻子叫醒："起来，快带我去看看你所说的纳米季·米真·玛扎。"

妻子起来，带上盛水器皿，在前头领路，丈夫跟在后面，一起到井边去。他们刚刚走到井边，真正的纳米季·米真·玛扎的妻子也背着孩子来了。她们互相问过好，纳米季·米真·玛扎的妻子便指着长柄勺子对丈夫说："把勺子拿起来给我舀水。"

他生气地走过去，心想一只勺子有什么了不起，可一拿就吃了一惊。他用尽力气才勉强把勺子托起来，踉踉跄跄拿着勺子走到井边，往井里放去。可勺子把他一拨，他便摔了个倒栽葱，差一点儿掉到井里，幸亏小孩儿过来一把抓住了他。小

孩儿从容不迫地拿起勺子，放到井里，舀上水，把她们的容器一一灌满，然后又爬到母亲背上打算回家去了。

这时，纳米季·米真·玛扎的妻子说："你说你想见见真正的纳米季·米真·玛扎，这就是他的妻子和儿子，跟他们去吧。"

"这可不行。"真正的纳米季·米真·玛扎的妻子说。

"我一定要去。"纳米季·米真·玛扎坚决地说。

"好吧，不过你可要当心。"她说着，提上水就走了，他连忙跟在后面。

他们走了很久，走到巨人家里，真正的纳米季·米真·玛扎的妻子叫他躲到一个大谷仓里，说："我丈夫打猎去了，一会儿就回来，你可不能乱动，也不要出声。"

天黑了，巨人回来了，一进屋便嚷道："哪儿来的生人气味？"

"除了我和孩子，难道家里还有别的什么人？别瞎说了。"

可他还是说闻到了生人气味，女人道："你别胡说八道了，不就是我的气味吗？你想吃人就吃掉我好了！"

丈夫不作声了。他是个巨人，讲话就像刮起风暴一般，每顿饭可以吃十头大象。天亮了，他吃了一头大象垫了垫肚子，就到林子里打猎去了。

这时候，女主人把躲在谷仓里的男人放出来，对他说："你看见他了吧，幸亏他没有发现你，不然你早就没命了。现在趁他出去打猎了，你跑回去吧，可千万不要叫他在路上抓住。"

纳米季·米真·玛扎连忙往回跑,跑呀跑呀,一步也不敢停。

巨人正在林子里打猎,一阵风吹来,他叫道:

"我闻到生人气味了,我闻到生人气味了!"

巨人便循着气味去追这个人。纳米季·米真·玛扎拼命地跑,跑着跑着,碰到一伙伐林开荒的人。他们问他发生了什么事。他慌张地说:"有巨人在追我。"

"趁他还没有来,你就歇歇吧。"

他刚停下,一阵狂风吹来,把所有人都吹到空中,接着他们又摔到地上。

"这是巨人跑的时候掀起的风,他本人就要来了。你们能打得过他吗?"

他们连忙说:"你快跑吧!"

他继续往前跑,跑着跑着,又碰见一些翻地的人。他们问他:"你这样急急忙忙到哪里去?"

"后面有人追我。"

"谁?"

"纳米季·米真·玛扎。"

"哦,男人中的勇士,如果是米真·玛塔,那就是女人中的勇士了。他还没有来,你先歇歇吧。"

他刚站住歇口气,一阵狂风吹来,把所有人都吹倒在地上。

"你们看见了吧,这是纳米季·米真·玛扎奔跑的时候掀起的风,他自己还没有来呢。你们挡得住他吗?如果不行,我就立刻跑了。"

他们连忙说："你快跑吧！"

他又拼命往前跑，跑呀跑呀，又遇见一些播种的人。

"你跑什么？"

"有人追我。"

"谁？"

"纳米季·米真·玛扎。"

"坐一坐吧，他还没来呢。"

他刚坐下，一阵狂风刮来，把他们刮到空中翻了三个跟头。

"这是什么风？"

"巨人走路脚下带起的风。"

"你快离开我们吧。"播种的人扔下手中的工具，跑到林子里躲了起来。

这个人又拼命往前跑,跑呀跑呀,被什么绊了一下摔倒了,他连忙站起来,抬头一看,一个巨人坐在一棵大猴面包树(大型落叶乔木,分布于南非、坦桑尼亚和马达加斯加等位于非洲热带或亚热带的国家,果实大如足球,甘甜多汁,经常有猴子成群结队来采摘其果实,"猴面包树"之名由此而来)底下。巨人杀了两头大象,正架在火上烤着呢。他一次能吃二十头大象,如果尽他的量吃的话。他的名字叫东贡·达季——森林巨人。

森林巨人抓住这个人,像捏住一只小蚂蚁一样。

"你瞎头瞎脑往哪儿跑?"

他回答说:"有人在追我。"

"谁?"

"纳米季·米真·玛扎。"

"放心地休息一会儿吧。"

他刚刚坐下,又刮起一阵狂风,把他卷到空中,旋转个不停。东贡·达季大喝一声:"下来!"

这声音好比一声炸雷,驱散了狂风,这人便安然无恙地落到地上。

他连忙说:"我可不是主动跑开的,是纳米季·米真·玛扎掀起的风把我卷上去的。"

东贡·达季生气了,他站起身来,抓住这个人,藏到衣袋里,就像往里头放一粒小石子一般。

刚藏好,真正的纳米季·米真·玛扎来了,问道:"你,坐在这里的人,从哪里来?"

东贡·达季说："你管什么闲事？"

真正的纳米季·米真·玛扎说："多关心自己的身体吧，把你藏的人交出来！"

东贡·达季说："有本事就自己拿吧。"

纳米季·米真·玛扎勃然大怒，两个人打了起来。他们的脚缠在一起，他们的手扭在一起，他们先在地上打，后来又跑到天上打，打了整整一天，打累了，停下来歇一会儿接着又打。

那个自称纳米季·米真·玛扎的人不由地看呆了，慌忙跑回家告诉妻子这件事。他的妻子说：

"我跟你说过，无论做什么事，都不能吹牛；无论你多么有力、强壮、富有或者幸运，总会有人在这方面超过你。可你不相信，如今该相信了吧！"

精华赏析

　　本篇讲的是冒牌纳米季·米真·玛扎遇到正牌纳米季·米真·玛扎，最后冒牌被吓跑的故事。故事通过神话的方式告诉我们一个做人的道理：人外有人，天外有天，做人要踏实，不能肤浅和浮躁，当你自以为了不起而到处炫耀的时候，就是被更强的人打倒的时候。

大洋洲和美洲神话与传说故事

大洋洲神话

彝神创世

混沌未分天地乱,茫茫渺渺无人见。

混沌未开之时,世界上静悄悄的,到处都是漆黑一片。绵延起伏的大山寸草不生,没有任何活动的物体,山顶上连一丝风声也没有。

没有任何声音来打破这一片死寂。大地上有无数洞窟,里面藏着各类动物,此时此刻,它们都一动不动地在休眠。它们一边睡觉,一边等待着生命被唤醒。

在茫茫的宇宙之中,太阳女神彝神也正在酣然而眠,她正在等待大神拜艾梅将她唤醒。

不知等了多长时间,大神终于说话了,他一开口就唤醒了世界。彝神睁开双眼,立刻把世界照亮了。更为神奇的是,她的身体能发出闪闪的光芒。漫长的黑夜就这样彻底结束了。

彝神从天上飘下来,开始周游世界,由东到西,由南到北,很远很远。她走到哪里,哪里就是欢呼一片、阳光明媚,哪里就是草木茂盛、鸟语花香。彝神来来往往,足迹遍布天下,就这样,她使整个大地都变得生机勃勃。

这是彝神做出的第一桩美事。结束之后,她就在努拉保

平原(现在译作纳拉伯平原,是位于澳大利亚南部的石灰岩平原,面积广阔,气候干燥,植物贫乏,人口稀少)上休息。她环顾四周,非常开心,因为她知道大神拜艾梅对她的劳动成果非常满意。

事情果真如此,大神拜艾梅连声夸赞彝神创世劳苦功高。不过他又说这只是一个开端,整个世界虽然现在很美,但还有很多事情需要完成。

紧接着,他就要求彝神用自己的光芒,把大地上阴暗的地方照亮,特别要照到从来没有阳光照射的洞穴中。

根据大神的指令,彝神站起身来,走进阴暗的地方。她发现那里的种子正在渴望她神奇的碰触,然后生命才能开始。不过她也发现,光辉后面隐藏着可怕的阴影,其实那是各种恶鬼的身影,他们阴险地躲在那里喊叫。

恶鬼疯狂的喊叫声四处回响。与此同时,阴影渐渐变淡,闪烁的光芒在浓雾中越来越清晰,模糊的形象开始不断地躁动。

恶鬼们不愿意让万物醒来,然而所有的生命都在等待太阳女神的温暖来抚爱它们。无数昆虫从无数黑暗的角落里爬出来,继而聚集在彝神周围。

彝神慢慢倒退,昆虫也立即跟着她走出黑暗,来到世界上,来到阳光中,来到正在等待它们的花草树木的怀抱中。恶鬼们声嘶力竭地嚎叫,不过嚎叫声很快就开始逐渐消失,成为一片无力的混杂之音,最后完全消失。

拜艾梅大神告诉彝神,世上还有无数个山洞,那里常年结冰,永久不化,需要太阳女神的温暖。

听大神这么一说，太阳女神就走进一个巨大的山洞中。只见那里有厚厚的冰层，还有很多下垂的冰柱。彝神从来没有进过这样的山洞，她感到彻骨的寒冷，不禁打了个寒战。

于是她使出浑身解数，发出强烈的光芒。彝神发出的光极具穿透力，照到冰面上，很快就有薄薄的一层先融化，久而久之，大块的冰也开始融化，形成浮冰。浮冰漂在水面上，然后渐渐缩小，最后融化成水，水又毫无拘束地到处流动。

这时，很多形态模糊的东西开始在水里游动，最后浮到水面，逐渐成为鱼和蛇，以及各类爬虫。

与此同时，洞中的水越积越多，最后水流出洞穴，冲下山坡，一路上滋润着万物。这些水在流动过程中，开始形成小溪，小溪汇聚成大河，大河流入大海。与此同时，各类爬虫也从江河湖海里爬到岸上，在青草中和岩石下栖息生存。

彝神又进入了别的山洞，她在那里发现了各类有生命的东西，有长羽毛的，有生毛皮的，也有体表光秃的，它们是飞鸟和走兽。各类飞鸟和走兽逐渐聚集在她的周围，它们用各自的声音尽情鸣唱，竞相下山，寻找各自栖身的巢穴。置身于精彩纷呈的世界里，它们一个个都欢天喜地，整个世界呈现出一派生机勃勃的繁荣景象。

面对如此美妙的新世界，大神拜艾梅满心欢喜。美丽的彝神看着由她亲自赋予生命的万物，感到无比激动。她情不自禁地拉起大神的手，用高亢洪亮的声音告诉万物，这是大神拜艾梅，这里就是他的土地。她又宣布，这广袤的大地永远归于它们，任由它们享用。她还向它们保证，拜艾梅是大神，他

有能力保护它们,他会倾听并答应它们的请求。

后来,彝神将冬、夏两季送给万物。夏季炎热,可使果实成熟,供动物们食用。冬季寒冷,经常有大风吹过大地,顺便能把夏季残留的废物吹走,使动物们能够安然入睡。

接着她又表示马上就要离开大地,到天上很远的地方居住。话音刚落,她就从地面缓缓升起,在空中逐渐缩小成为一个光亮的球。这颗神奇的球体渐行渐远,最后在西方大山背后慢慢沉落,直至消失。此时此刻,天下万物都无比地悲伤,因为彝神这一走,世间又将重新被可怕的黑暗吞没。

时间慢慢过去,一段时间过后,它们的悲伤暂时减缓,因为它们全都进入了梦乡。突然之间,有些小鸟唧唧地叫起来,它们被什么东西惊醒了,它们看到东方闪过一道亮光。亮光越来越强,把更多的鸟儿照醒。它们尽情地放声歌唱,因为它们渴望见到的彝神又在空中出现,用她神奇的晨晖把大地照亮。

天上的飞鸟和地上的走兽都醒了,它们兴高采烈地奔走相告。这是它们第一次因为黑暗感到惊恐,又因重见光明感到高兴。从此以后它们知道,白天在黑夜消失的时候就会重新来到,日出和日落是永久的常态。白天用来做工,黑夜用来睡觉。

动物世界非常奇妙,有的动物喜欢白天,有的动物喜欢黑夜。面对这种情况,彝神派遣晨星每天预报她的来到。晨星尽职尽责,但同时她也感到特别孤独。彝神为她的孤单感到十分内疚。后来,彝神把月神巴卢介绍给晨星做丈夫,这样她就不会孤单了。

明月从天空缓缓经过，无数星星也出现在夜空中。灿烂的星光使天空景象蔚为壮观，大地万物仰望着这样的壮景，都为之发出由衷的赞叹。

拜艾梅大神造人

人到底从哪里来？这是一个永恒的话题。远古时期的人们认为人是由天神所造。关于天神造人，世界各地流传着各种不同的传说。大洋洲的原始居民认为，人类是由拜艾梅大神创造的。

话说天上有一位美丽的彝神，她就是完成创世壮举的太阳女神。创世之后，她的温暖和慈爱使大地充满生机，到处一派欣欣向荣的景象。后来太阳女神离开大地，世间万物就交给大神拜艾梅来呵护。

拜艾梅是一个威力无穷的大神，却只有思想、智慧和生命，没有形体。拜艾梅也为这个缺陷感到烦恼。经过认真考虑之后，他决定把自己的精神力量输入一个形体中。他认为这样万物就能看见他，并且知道他才是它们真正的父亲。

他把这个决定告诉彝神。他满以为会得到彝神的赞同，然而彝神却觉得这个决定不妥当，因为天神和动物属于不同的种类。如果天神把他全部的精神输入一种动物的形体中，那就贬低了天神的精神，如果这样，他就会失去万物的尊崇。

听彝神这样一说，拜艾梅就决定把自己少量的精神力量传递给动物。

于是他就找来鸟儿、昆虫、爬虫、鱼儿和走兽，把他自己少量的精神力量输入它们体内，这部分精神力量被称之为"本能"，而从此以后，这些动物就被这种"本能"所支配。不过，拜艾梅还是不满意。最后他决定创造一种新的物种，将自己最重要的精神力量输入到它的形体中。

于是拜艾梅大神立刻行动起来，他决定创造一种叫作"人"的动物。他先把微小的尘粒结合在一起，做成筋血、软骨、肌肉，然后创造出一种两条腿直立行走的动物。除此之外，这种动物还有双手，双手又能制造工具和武器。而最与众不同的是，"人"还有一个能体现大神思想的大脑。至此，超越其他任何一种动物的"人"被创造出来。而这种高贵的物种，就是大神拜艾梅精神力量的寄托安放处。

造人是创世的最后一件工作，也是最重要的一件。拜艾梅大神创造"人"的整个过程是秘密进行的，不为肉眼所见。这项工作进行了相当长的时间，其间，世界变得黑暗无比。大地上洪水泛滥，动物们纷纷逃难，一个个都躲在高山的洞穴里。

在幽暗恐怖的日子里，天上没有太阳，地上汪洋一片。动物们不时走到洞口，想看看洪水是否已经退去，但什么也看不到。其实，此时拜艾梅大神就化身为"人"，站在洞外。

一天，有一只聪明的爬虫从洞穴中爬出来张望一番，然后又匆忙退缩回去。爬虫当众宣称，它在洞外看见一个又圆又亮的发光体，样子就和月亮一模一样。老鹰听了不服气，它说月亮在天上。爬虫感到很委屈，辩解说圆圆的发光体只是像月亮，不一定就是月亮。它还说这样的形容只不过是它自己

的印象。

老鹰半信半疑，就到外边亲自观看。它回来时，大家都急切地盯着它。老鹰慢条斯理地说那是一只袋鼠，这只袋鼠有两只明亮的眼睛，那两只眼睛很亮，发出的光完全能够穿透自己的身体。

后来乌鸦又飞出洞口，想弄明白那个怪物到底是什么。过了一会儿，乌鸦回来了，它一本正经地让大家都不要去寻找那个圆东西，因为这种事鸟兽根本就不应该管。如果大家都不理会那个圆东西，它也许就会自然地从天上掉下来。

动物们感到莫名其妙，鸟儿和走兽就一个又一个地踮起脚，轻轻地走到洞口，亲自去看那个怪物。

那个怪物在动物之中引发了激烈的争论，大家都说不清那到底是什么。因为拜艾梅大神只把一小部分精神力量分给了动物，所以它们不能正确地认识到那就是"人"。

漫漫黑夜持续了相当长的一段时间，由于食物匮乏，动物之间开始出现弱肉强食、相互残杀的现象。拜艾梅大神看在眼里，悲在心头，于是离开了动物们。

拜艾梅大神离开以后，彝神就用自己的光来照耀世界。幸存的动物走出洞来，聚集在山顶上。它们在高高的山巅，终于看到拜艾梅向它们显形。拜艾梅以"人"的形体站在动物们面前。人统治万物，因为拜艾梅的灵魂和智慧早已输入他的躯体。

随着时间的推移，具有拜艾梅精神力量的"人"，在世界上走来走去的时候逐渐感到孤独。一种奇怪的感情，一种模糊的欲望在他的心中油然而生。他需要一个伴侣来和他共同管理这个奇妙的世界。

于是他去寻找伴侣，但是怎么也找不到。他找过熊和袋鼠，找过蛇和蜥蜴，找过鸟儿和狐蝠(世界上最大的蝙蝠种类，体形比一般蝙蝠大，两翼展开长达90厘米以上。由于它头形似狐，口部长而伸出，故称"狐蝠")，找过鱼和虾蟹，几乎找遍了所有动物，但仍没有找到合适的伴侣。

除了动物，他也去找过花草树木。它们的美使人陶醉，但它们只是对他的感官具有吸引力，因为拜艾梅没有把他的永恒精神传授给它们。因此，人的心灵依然感到空虚。人和它们有一个共同之处，那就是都爱大神拜艾梅。不过它们只具有一点儿拜艾梅的精神力量，而这根本就不足以满足人在精神上的渴望。

夜幕降临，这个人在一棵罗汉松下面睡觉。他整夜都不断地做梦，这些梦都很奇怪，他的愿望在这些梦里似乎就要实现。他一觉醒来，发现彝神的光辉早已普照平原，灿烂的阳光似乎都集中在罗汉松上。他回头一看，大吃一惊，因为他看到所有的动物都已聚集在这片平原上，似乎在期待着什么。

他再回头去看那棵树，发现它正在变形。枝条变得又短又粗，而且圆乎乎的，十分奇怪。更为神奇的是它开始长出四肢，很明显，大树正在变成一个和他一样有双臂双腿的人。

但是仔细看去，这个人又和他有所不同，主要表现是四肢光滑柔软，胸部高耸，秀美的脸上现出快乐的神情。这是一个女人。于是他向她伸出双手，她马上握住，然后离开大树，走出草地。她步履轻盈，婀娜多姿。

二人似曾相识，他们紧紧拥抱，携手前行。动物们兴高采烈，载歌载舞，它们都为男人结束孤独的生活而高兴。

从此男人开始勤奋努力，尽职尽责地为女人猎取食物，也为她寻找住处。他教她认识飞鸟走兽，教她记住它们的名字和特点。女人渐渐地和他坠入爱河，她既为他辛劳，也为他分忧，最终成为他所需要的终身伴侣。他们生下了许多子女，人的足迹渐渐布满大地。这一切，都源自拜艾梅大神的不朽精神。

精华赏析

舞神照向世界的光驱散了黑暗，给万物带来了温暖，同时也蕴含着无限希望，正是有了这道光，沉寂的世界才变得生机勃勃。自然界的光可以给大地带来温暖和光明，而人内心的光则可以驱散心中的阴霾，带给我们继续前行的勇气和力量。

印第安神话传说

辛格比捉弄北风

很久很久以前，当时大地上还人烟稀少，在北方，生活着一个渔民部落。夏天的时候，那里能捕到最鲜美的鱼，而再往北，就是一片冰天雪地，根本没人能挨得过冬天。因为这个冰之国的国王是个脾气暴躁的老头儿，名叫卡比昂欧卡，在印第安语里，是"北风"的意思。

尽管冰之国在世界最北之地，绵延千万里，但是卡比昂欧卡依然不满足。如果真遂他心愿的话，大地上将处处没有青草，没有绿树，全世界一年到头将一片雪白，所有河流冻得死死的，整个国度将被冰雪覆盖。

所幸，他的力量是有限的。虽然他体格健壮、狂暴凶猛，但他依然不是南风沙文达斯的对手。南风的家乡是晴朗的向日葵之国，他居住的地方四季如夏。只要他吹一口气，紫罗兰就会在树林里绽放，野玫瑰就会在黄澄澄的原野上盛开，鸽子们就会一展动人的歌喉，咕咕叫着求偶。瓜果因之生长，葡萄因之成熟；他温暖的气息让地里的玉米结穗，为森林穿上绿衣，让大地风光明媚，分外美丽。而在北方，当夏天来临的时候，沙文达斯会爬上山顶，往他上好的烟斗里填满烟叶，坐在那儿打着盹儿，抽着烟。这一抽就不知抽了多久，他吐出的烟袅袅

129

升腾，变成轻柔的雾气，弥漫在空气中，将山丘湖水完全笼罩起来，仿佛仙境一般。没有一丝风的气息，天上也没有一朵云，一切都那么安详平静，世上再也找不到这么美妙的风景了。这便是印第安的夏天。

此时，北方的渔民们正在加紧劳作，他们手脚麻利地往水中撒网，因为他们知道一旦南风入睡，脾气暴躁的老卡比昂欧卡就会即刻席卷而来，把他们赶走。这是肯定的！一天早晨，他们撒网打鱼的时候，发现湖面上结了层薄薄的冰，他们茅舍的树皮屋顶上也铺上了厚厚的霜，在阳光下闪闪发光。

这些迹象很明显是个警告。冰越结越厚，天空飘下鹅毛大雪，郊狼披着它毛茸茸的白色冬衣快步行走。它们已经听到远方依稀传来的呜咽声。

"卡比昂欧卡来啦！"渔民们大喊，"卡比昂欧卡马上就要到这儿啦！我们快跑吧。"

但是"潜水高手"辛格比笑而不语。

辛格比脸上总是挂着笑容。他抓到大鱼会笑，一无所获也会笑。不管碰到什么事，他都不会沮丧。

"我们依然可以打鱼呀！"他对同伴们说，"我可以在冰上打个洞，这样我们就可以不用渔网，改用钓线从洞里钓鱼。我才不怕卡比昂欧卡那个老头儿呢！"

渔民们惊讶地看着他。的确，辛格比会法术，能把自己变成鸭子。他们见他变过，所以才叫他"潜水高手"。但北风那么可怕，仅凭辛格比的能力，又如何能与怒气冲冲的北风抗衡呢？

"你最好还是跟我们走吧，"渔民们说，"卡比昂欧卡比你强健多了，就算是森林中最粗壮的大树都会在他的愤怒前折腰，就算是最迅疾的河流都会在他的碰触下冻结。除非你可以把自己变成一头熊或一条鱼，否则完全没有胜算。"

但辛格比只是更大声地笑了起来。

"我的毛皮大衣是问河狸大哥借的，我的连指手套是问麝鼠表弟借的，这些可以在白天保护我，"他说，"并且在我的小屋里，有一大堆木柴，一旦点上，看卡比昂欧卡敢不敢靠近。"

于是，渔民们不无伤心地离去，因为他们很喜欢爱笑的辛格比，而他们之所以伤心，是因为他们觉得以后再也见不到辛格比了。

渔民们走后，辛格比按照自己的方式行动了起来。首先，他收集了足够的干树皮、树枝、松针，这样晚上他回到小屋的时候，就能把火点上。这时的积雪异常深，而雪的表面冻得特别硬，太阳都融化不了，他得以在雪上行走，却不会陷进去。而鱼呢？他熟知怎样凿冰窟窿钓鱼，所以到了晚上，他身后拖着一大串鱼，哼着自己编的小曲，大踏步往家里走：

老头儿卡比昂欧卡，
有胆量过来将我吓。
块头大来盛气凌人，
量你没法儿一直横！

131

　　一个傍晚，卡比昂欧卡循着歌声，找到了正在雪地里缓慢行走的辛格比。

　　"呼——呼——"北风呼吼着，"这放肆的两腿生物是何方神圣？胆敢在此逗留许久。如今，连野鹅和苍鹭都已飞到了南方，我们来瞧瞧谁才是冰原的主人。就在今夜，我会冲进他的棚屋，吹熄他的火，把灰烬吹个满屋子都是。呼——呼——"

　　夜幕降临，辛格比坐在屋里的火堆旁。看这火烧得多旺！底下的木柴那么粗大，烧上整整"一个月亮"都不会熄灭。这是印第安人计时的说法，因为他们没有钟表，所以不说星期或月份，而是说"一个月亮"——表示月亮的形状从一个新月变到下一个新月所需的时间。

　　辛格比当时正在烤鱼，那条鱼是他当天抓的，肥美又新鲜。放在炭上一烤，那真是酥软无比，回味无穷。辛格比抹了抹嘴，满足地搓着手。他白天走了好几里路，现在坐在火边，小腿暖融融的，惬意极了。那些人真傻，他想，这边冬天才刚开始，鱼这么多，他们竟然走了。

　　"他们觉得卡比昂欧卡会法术，"他自言自语，"觉得没人可以对抗他。但我觉得他就是个普通人，跟我一样。的确，我比他怕冷，但他可比我怕热。"

　　这个念头令他很开心，所以他大笑着唱起歌来：

卡比昂欧卡霜之民，

有本事将我冻成冰。

哪怕你吹到没力气，
靠着火我就不怕你！

　　他心情实在太好了，都没听到屋外突如其来的一阵呼号。大雪纷纷落下，雪刚落到地上，就马上又被风卷起，像面粉一样吹向小屋，不一会儿，小屋就被雪埋了起来。而厚厚的雪并没有让屋内变得寒冷，反而像一块厚毯子一样，把寒风挡在外面。

　　很快，卡比昂欧卡发现自己弄巧成拙，这让他非常生气。他对着小屋的烟囱大吼，他的声音是那么粗野可怕，一般人准会被吓到。但辛格比只是大笑。他的小屋里太安静了，他正盼着能有些声响呢。

　　"哈，哈！"他对着北风大喊，"你好啊，卡比昂欧卡！吹气的时候当心点儿，别把腮帮子吹破了。"随即小屋被狂风吹得摇了起来，水牛皮做的门帘被风吹得哗啦作响。"进来啊，卡比昂欧卡！"辛格比开心地招呼，"进来暖暖身子，外面一定好冷吧。"

　　听到辛格比这么嘲笑自己，卡比昂欧卡用力撞向门帘，系住门帘的一根鹿皮绳被撞断，北风进入了小屋。啊，他吹出来的风是如此冰冷，在温暖的小屋内形成了一层浓雾。

　　辛格比假装什么都没看到，依然唱着歌。他站起身，往火堆里又扔了根木柴。这是一根粗大的松木，烧得特别旺，释放出的滚滚热浪使辛格比都不得不往后挪了挪再坐下。他用眼角瞄了一眼卡比昂欧卡，所看到的景象让他又笑了起来。汗

水从卡比昂欧卡的额头不住淌下，他飞舞的头发上的白雪与冰凌很快就无影无踪了。就好像孩子们堆的雪人在三月温暖的阳光下融化一样，暴躁的老北风也开始解冻了！毫无疑问，骇人的卡比昂欧卡正在融化！他的鼻子和耳朵变得越来越小，他的身体开始变矮。如果他在这里再多待一会儿，这个冰之国的国王就会化成一摊雪水。

"来火堆边嘛，"辛格比坏坏地说，"你一定冻坏了。靠近点儿，烤烤手，暖暖脚。"

然而北风一溜烟似的从门口逃了出去，动作比进屋时还要快。

一到了外面，寒冷的空气让北风又恢复了活力，他又变得和之前一样愤怒。因为他没法儿让辛格比受冻，所以他把怒气都往身边撒。在他的踩踏下，雪变得异常坚硬；他四处吹气，还打着响鼻，脆弱的树枝因此纷纷折断；外出觅食的狐狸迅速逃回洞中；来回游荡的郊狼赶忙就近躲了起来。

北风又一次来到了辛格比的小屋，在烟囱外朝屋里大吼："出来！"他喊道，"有本事就出来，跟我在雪地里摔跤。我们来比试比试，看谁厉害！"

辛格比思索了一下。"火已经削弱了他的力量，"他自言自语，"我身体也暖和了，打败他应该不成问题。这样，他就再也不会来找我麻烦了，我就能在这里想待多久就待多久了。"

他快步走出小屋，卡比昂欧卡随之来到他面前。一场酣斗开始了。他俩双臂绞在一起，在坚硬的雪地上来回翻滚。

他们摔了一整夜都没停。狐狸从洞里钻了出来，远远围坐成一圈观看这场比试。辛格比因为一直在运动，所以热血沸腾，全身上下都很暖和，他能感觉到北风的力气越来越小，冰冷的呼吸也不像先前那样强劲，成了虚弱的喘息。

最后，太阳从东方升起，两人罢手分开，喘着粗气面对面站着。卡比昂欧卡输了，绝望地哀号着，转身逃之夭夭。他向北方一路狂奔，一直跑到了白兔之国。而在他奔跑的时候，辛格比的笑声一直萦绕在他耳边。只要乐观而勇敢，即便是北风一样的强敌，我们也能战胜。

精华赏析

面对脾气暴躁、本领高强的北风卡比昂欧卡，所有渔民都非常恐惧，逃离了自己的家乡，只有乐观的渔夫辛格比不害怕，即使北风来到了他的屋外，他依然快乐地唱着歌，最终，辛格比凭借乐观和勇敢打败了强大的北风。生活中我们难免会遇到令人难过的事，这时不要气馁，不要悲观，而是应该保持乐观向上的心态，积极寻找解决问题的办法。

云端的孩子

一天傍晚，故事爷爷亚古（印第安传说中专门讲故事的老人）坐在他最爱的角落里，注视着火堆中的余烬，此刻似乎正徜徉在梦中。

孩子们知道在这个时候最好别问他问题，也别求他讲故事，因为这样会打扰到他。他们知道亚古爷爷正在脑中整理他所听到的奇闻和看到的逸事。燃烧着的柴火和通红的木炭正在以只有他能读懂的方式组合成奇异的形状，描绘出怪诞的画面，要是孩子们不去打扰他，他也许马上就会开口讲故事了。

但是，这个不寻常的晚上，尽管孩子们耐心等待，彼此说话也轻声细语，亚古爷爷却依然像一座石像一样坐在那里一言不发。孩子们开始担心亚古爷爷是不是把他们给忘了，要是这样的话，就没有睡前故事听了。所以，到最后，最爱发问的小晨曦想到了一个自己从来没有问过的问题。

"亚古爷爷！"她开口说道，但又马上停下来，因为她怕亚古爷爷会因此不开心。

听到她的声音，亚古爷爷直起身子，仿佛他的思绪刚到遥远的过去进行了一次长途旅行似的。

"你有什么问题呀，晨曦？"

"亚古爷爷，你能告诉我吗，大山是不是从古至今一直都在这里？"

老亚古认真地看着她。不论孩子们提的问题有多难，多出乎意料，他都乐意回答。他从不会说"我太忙了，别打扰我"或"等下次再问"之类的话。

因此，对于晨曦问的古怪问题，亚古爷爷点了点他苍老却充满智慧的头，说道："你知道吗？我也经常问自己这个问题：大山是不是从古至今一直都在这里？"

他停顿了一下，又看了一眼火焰，仿佛只要长久注视着火焰，就能找到答案一般。

最后，他继续说道："是的，我觉得大山的确从古至今一直在这里，不论高山还是丘陵。它们从创世之初就存在，从很久很久以前就一直在，你们之前听过世界是如何被创造出来的故事。不过，有一座高山不是一直在这儿的，这座山是突然变高的，就像变魔术一样。我和你们讲过大石山的故事吗，讲过这座山是如何不断升高，把小孩子带到云端的故事吗？"

"没有，没讲过！"孩子们异口同声地大声说道，"你从来没讲过那个故事，现在给我们讲吧！"

这个大石山的故事，老亚古是从他爷爷那里听来的，而他爷爷则是从自己的爸爸那里听来的，老亚古的爷爷的爸爸年龄非常非常大，所以这个故事发生的时候，他很可能是亲眼所见：

在那个远古的年代，动物和人类友好相处，郊狼也不是个坏家伙，就算是山狮（即美洲狮），也会欢快地低吼着从你身边经过。当时，在一个美丽的山谷里，住着一个小男孩儿和一个小女孩儿。山谷非常适宜居住，天底下再也找不到这样一个游乐场一般的地方了。这个山谷就像一张大大的绿地毯绵延开去，风从草丛上拂过，草在风中摇曳，看过去就像海上的波浪一样。山谷里百花齐放，争奇斗艳，浆果在灌木丛中逐渐饱满成熟，夏日的微风中遍是鸟儿的歌声。

而这个山谷的最好之处，就是没有一样令人害怕的东西。孩子们可以自由走动——看看欢快的蝴蝶，与松鼠和兔子做朋友，或是跟着飞舞的蜜蜂去它储蜜的树上。

那时人们对待野生动物的态度也与今日不同。现在可怜的动物们要么被关在笼子里，要么被囚禁在围有高栅栏的一小块区域内。在那个美丽的山谷里，动物们可以依着天性，自由快乐地奔跑。熊是个懒惰善良的大块头，在夏天的时候，靠浆果和野蜂蜜为生，而在冬天的时候，则会钻到它的岩石洞穴中一觉睡到开春；鹿不仅举止高雅，而且性格和绵羊一样温驯，还经常到两个孩子常去玩耍的地方吃嫩草。

孩子们喜欢所有的动物，动物们也喜欢他们；而他们尤其钟爱长耳大野兔和羚羊。长耳大野兔有着长长的双腿和双耳，它的耳朵差不多和骡子的一样长，而且跳得比任何与其体形相仿的动物都高。当然，它没有羚羊跳得高——羚羊像漂亮的小鹿，有着短短的犄角、细长的腿，跑得和风一样快。

一条河从山谷中流过，也正是有了这条河，这个幸福的山谷才变得如此宜居。方圆几公里的动物们都会跑到河边喝水，河水是那么清冽，在炎热的夏天，它们还会到河里洗澡。河中有一处浅水塘，似乎是专为小男孩儿和小女孩儿而设的。他们的朋友河狸——它平滑的尾巴就像一支船桨，它有蹼的双脚就像鸭子一样——在孩子们刚学会走路的时候，就教会他们如何游泳。所以，在温暖的下午，到水塘中戏水成了孩子们最爱的游戏。时值盛夏，河水的温度是如此宜人。这天，两个孩子在水塘里待的时间也比往常久，所以最后上岸的时候，两人都累了。加上稍许有点儿冷，于是他们在四周寻找一个合适的地方，以便将身上的水晾干，暖和暖和。

"咱们爬上那块长着苔藓、又大又平坦的岩石吧，"小男孩儿说，"我们之前从来没爬过呢，肯定很好玩。"

他努力从岩石一侧爬了上去，岩石不太高，之后，他把妹妹也拉了上去。然后他们就躺下歇息了，没多久，就在不知不觉中沉沉睡去了。

没人知道怎么回事，也没人知道具体是什么时候，岩石开始上升、变大。但这事千真万确，因为如今看来，那块岩石高耸、光秃、陡峭，比山谷里任何一座山丘都要高。孩子们睡着的时候，岩石一寸寸、一尺尺升得越来越高，到了第二天，已经高过山谷里最高的树了。

与此同时，孩子们的父母正在四处寻找他们，但哪儿都找不到，连一点儿踪迹都没有。他们爬上岩石的时候没人见到，而且大家都开心地忙着做自己的事，没注意到岩石变高。孩子们的父母四处搜寻，不停问道：

"羚羊，见过我们的儿子和女儿没？"

"长耳大野兔，你一定见过我家儿子和女儿吧？"

但是动物们都说没有见过。

最后他们遇到了郊狼，郊狼是动物中最聪明的，它沿着山谷疾行,边走边嗅空气中的气味,最能发现人的踪迹。因此他们问了郊狼同样的问题。

"没有,"郊狼回答,"我好久没见过他俩了。不过我有灵敏的鼻子、聪明的头脑,没准儿我能帮得上你们的忙。"郊狼跟在孩子们的父母身旁,沿着河边小跑,不久便走到了两个孩子游过泳的水塘边。郊狼嗅了又嗅。它鼻子贴着地面跑东跑西,接着径直跑到岩石边,两只前爪抵着岩石尽力向上伸,又嗅了一次。

"嗯!"它咕哝道,"虽然我不能像鹰一样飞翔,也不能像河狸一样游泳,但我也不像熊那么笨,不像长耳大野兔那么蠢。我的鼻子从不会骗我,你们的孩子一定在这块岩石上面。"

"但是他们是怎么爬上去的?"孩子的父母吃惊地问道。

他们之所以会这么问,是因为在他们面前的岩石高耸入云,望不见顶。

"这不是问题的关键。"郊狼严肃地说。它不愿意承认世界上有它不知道的事情。"这不是问题的关键,人人都可以这么问。问题的关键在于:如何把他俩救下来?"

所以他们把所有动物召集起来,一起讨论怎么办。

熊提议:"如果我能环抱住岩石的话,就能爬上去,但这块岩石实在太大了。"狐狸又说:"如果眼前不是座高山,而是一个深洞的话,我倒可以帮你们。"

河狸也附和道:"如果是去水里的某个地方,我倒可以游过去,我可以马上示范给你们看。"

但这样的讨论并没有为解决问题提供多少帮助,它们决定试试看能不能跳上去,因为似乎别无他法。

　　大家都很紧张,都不敢自告奋勇,最后所有人推举最小的动物首先进行尝试。所以老鼠滑稽地跳了一下,高度只能够到人的手。松鼠跳得稍微高一些。长耳大野兔做出了平生最高的一跃,还差点儿扭伤了背,但也无济于事。羚羊纵身跳到半空,但结果也只是在落地时没伤到自己而已。最后,山狮向后退了好长一段距离,做足准备,然后奔向岩石,纵身一跃,笔直地跳起,但落下的时候摔得四脚朝天。它是动物中跳得最

高的，但依然离岩石顶端差了不止一点儿。

没人知道接下来该怎么做，似乎小男孩儿和小女孩儿要在云端沉睡直至永远了。

突然，它们听到一个细小的声音说："要不让我来试一试，我也许可以爬上岩石。"

大家都吃惊地四处张望，想看看是谁在说话。起先谁都没找到，还以为是郊狼的恶作剧，但郊狼也和其他动物一样惊讶。

"稍等，我正在尽快赶来。"微小的声音又传来。

随后，一条尺蠖（一种昆虫——尺蠖蛾的幼虫，行动时身体向上弯成弧状，像用大拇指和中指量距离一样，所以叫尺蠖。蠖，huò）从草丛里爬了出来，这条滑稽的小虫正弓着背向前一厘米、一厘米地爬。

"嗬，嗬！"山狮从喉咙底挤出声音说。当它的自尊受到冒犯时，它就会这么说话。"嗬，嗬！就没听过这么放肆的话！如果连我，堂堂一头狮子，都失败了，像你这样一条可怜的小爬虫凭什么成功？你倒是给我说说看啊！"

"这真是傻到极点了，"长耳大野兔说，"真是太傻了，我从没见过这么自负的。"

然而，七嘴八舌说了很多后，大家最后还是觉得让尺蠖试一下并没有坏处。所以尺蠖慢慢爬到岩石边，并开始向上爬。过了一会儿，就爬得比长耳大野兔刚才跳得高了；又过了一会儿，就超过了山狮跃起的高度；再过了没多久，它已经爬出大家的视线了。

尺蠖花了整整一个月，没日没夜地爬，终于爬到了神奇的

岩石顶端。到了以后,它喊醒了小男孩儿和小女孩儿,孩子们见到身边的一切,大吃一惊。尺蠖带着两个孩子沿着一条没人知道的小道安全下山。至此,靠着耐心与坚持,弱小的生物成功做到了连高大的熊、强壮的狮子都无法做到的事。

而这是很早之前的故事了,现在山谷里已经没有了狮子和熊,也没人想念它们。但所有人都会想念尺蠖,因为大石山依然在那儿,并且印第安人以尺蠖的名字为其命名,称它"图托克阿努拉"(印第安语里"尺蠖"的意思)。一座高山竟然以尺蠖这个小家伙的名字命名,你可能会觉得不太相称,但想想尺蠖那伟大而勇敢的事迹,就会觉得再合适不过了。

精华赏析

从这个故事里,我们读出了两层意思:其一,只有拥有童心、从不敷衍孩子的人,才能受到孩子的信任和敬仰;其二,高大的熊、强壮的狮子都无法做到的事,不等于弱小的尺蠖也做不到。寸有所长,尺有所短,永远不要轻视那些看起来弱小的人或物。

暮星之子

很久很久以前,在吉切古米大潮沿岸,住着一个猎人和他十个年轻漂亮的女儿。女儿们的头发乌黑闪亮,好似黑鸟翅膀的羽毛一般。她们走路或奔跑时,秀发飞扬,宛如森林里自由优雅的小鹿。

正因为这样,很多追求者慕名前来——小伙子们勇敢英俊,身躯挺拔如箭,步履轻快如飞,哪怕日夜兼程也不觉劳累。他们是草原之子,骑术精湛,不用鞍镫也能驾马飞奔。他们仅凭套索就能将野马抓住,朝马的鼻子里吹口气,就能像变魔术一般将其驯服;接着跳上马背策马飞驰,胯下的马仿佛被驯服了很久一般。也有些小伙子从远方划着独木舟横跨大湖水域而来,双桨有力地划开水面,不留一丝声响,驱使着独木舟飞速前行。

所有小伙子都携带着礼物,以求博得女孩儿父亲的欢心。有逐日翱翔的雄鹰的翎羽;有狐狸、河狸的毛皮和野牛又密又卷的鬃毛;有五颜六色的珠子和印第安人用作货币的贝壳串珠;有豪猪的刺和灰熊的掌;有柔软至极、捧在手中会起皱褶的鹿皮——礼物品种繁多,不一而足(不止一种或一次,而是很多)。

女儿们一个接一个接受追求,嫁为人妇,到最后,十个里有九个都找到了夫家。新帐篷也一个接一个建起,原本湖边就这一户人家,现在湖边的帐篷都能够组成一个小村庄了。当地物产丰富,猎物和渔获足以满足人们的生活需求。

　　仍旧未嫁的是年龄最小的女儿奥薇妮，她也是姐妹中最漂亮的一个。她美丽贤淑，心地比任何人都要善良。和她那几个傲慢又喋喋不休的姐姐不同，奥薇妮腼腆又谦和，话很少。她喜欢独自在林中漫步，仅同鸟儿、松鼠和自己的思绪相伴。关于她的所思所想，外人只能猜测。从她恬静的双眼和甜美的表情中可以看出，任何自私、刻薄、憎恨的想法从未在她脑海中出现过。奥薇妮尽管非常谦逊，思想却非常独立，一个个追求者为此吃了苦头。不止一个小伙子本来自信可以赢得芳心，却不得不在奥薇妮的嘲笑声中垂头丧气地离去。

　　奥薇妮看上去似乎真的难以取悦。追求者一个接一个到来，个个都高大英俊，甚至连全国最英俊、最勇敢的小伙子都来过。但这个有着小鹿般眼眸的少女一个都看不上。要么说对方太高，要么说太矮；要么太瘦，要么太胖——至少，这是她将他们拒之千里的理由。

　　她高傲的姐姐们对她失去了耐心，这似乎是在质疑她们自己的品位，因为奥薇妮说过要找到一个比她们任何人的丈夫都更有吸引力的郎君，但依然没人符合条件。她们无法理解她，所以她们最终鄙夷地认为，奥薇妮愚蠢而不可理喻。

　　就连最宠爱她、最希望她能幸福的父亲都困惑了。

　　"跟我说说吧，我的女儿。"有一天父亲对她说，"你是不是想终身不嫁？全天下最英俊的小伙子们都来向你求婚，你却把他们都撵走了，而且给的理由又常常十分牵强。这是为什么？"

　　奥薇妮用她深邃的大眼睛看着父亲。

　　"父亲，"她最后说道，"我不是任性。但我似乎有可以看透男人内心的能力。我真正在乎的是一个人的内心，而不是他的外表。从这个角度上说，至今我还没有找到一个真正俊美的小伙子。"

不久，发生了一件奇怪的事。有一个名叫奥西奥的印第安人来到了小村庄，这个人不仅年龄比奥薇妮大好多，而且又穷又丑。尽管如此，奥薇妮还是嫁给了他。

她九个傲慢的姐姐为此事大嚼舌根，这个被惯坏的小丫头是不是疯了？她们问。噢，没错！她们一直就觉得她不会有好结局的，但这对整个家族来说并不是好事。

当然她们无法知晓奥薇妮一眼就看穿的东西——奥西奥性格慷慨大方，而且有一颗金子般的心；在他丑陋的外表下，有着高贵美好的心灵，有着诗人似火的激情。正因为如此，奥薇妮才爱上了他，而当知道对方也需要自己的关怀时，她爱得更深了。

然而现在奥薇妮并未想到，奥西奥只是被施了邪恶的魔法，其实他是一个俊美的小伙子。他的真实身份是暮星之王的儿子——暮星，就是那颗会在太阳下山的时候，在靠近地平线的西边天空熠熠生辉（形容光彩闪耀的样子。熠，yì，光耀；鲜明）的星星。在晴天的黄昏，这颗星星会如那些晶莹的宝石一般悬挂在粉紫色的暮光之中。它看上去是那么友善，那么近在咫尺，小孩子们会伸出手，想要在它被夜色吞没之前将它紧握，并永远珍藏。而大一点儿的孩子则会说："大神在傍晚会走过天堂花园，这颗星星一定是他衣服上的一颗珠子。"

他们不知道可怜的、遭人轻视的奥西奥，其实是这颗星星的后裔。当他也朝着暮星伸出手臂，喃喃说着无人能懂的话

语时，人们都嘲笑他。

一次，邻村举办了一场盛宴，奥薇妮的亲戚们都收到了邀请。他们步行前去——九个傲慢的姐姐和她们的丈夫走在前面，对自己和身上的华服扬扬自得，像多嘴的喜鹊一样说个不停。然而奥薇妮跟在后面一言不发，和她同行的是奥西奥。

夕阳西下，粉紫色的暮光下，在靠近地平线的一端，暮星闪耀着。奥西奥停下脚步，朝着暮星伸出双手，仿佛在乞求怜悯一般。而其他人看到他这样子，都哈哈大笑，讥讽地说着恶毒的话语。

"与其抬头看天，"一个姐姐说，"不如让他好好看着脚下，别摔个跟头把脖子给扭了。"

随后她转过头对奥西奥喊道："当心！前面有段大原木，你觉得你能爬得过来吗？"

奥西奥没有应声，而当他来到原木边上的时候，他又一次停下了脚步。这是一棵被风刮断的巨大橡木的树干。这段原木已经倒在那里好多年了，上面铺着厚厚一层积聚多年的落叶。尽管如此，还有一件事姐姐们没有发觉。这棵树的树干并不是实心的，而是空心的，中间的空洞是如此巨大，一个成年人从一端走到另一端都不需要弯腰。

不过奥西奥并不是因为无法爬过树干才停下脚步的。他之所以停了下来，是因为这段中空的大树干看上去有某种神秘的魔力。奥西奥盯着树干看了许久，觉得自己似乎在梦中见过这个树干，而且此后一直在寻找它。

"怎么了，奥西奥？"奥薇妮抚着他的手臂问道，"你是不是看到了什么我看不见的东西？"

但奥西奥只是大喊了一声，余音在森林中回荡，喊完后他就跳进了树洞。奥薇妮隐隐担心，站在那儿等着。接着从树洞的另一端走出了一个人影。是奥西奥吗？是的，是他，但完全变了一个人！背不驼了，面貌也不丑陋了，身体也不羸弱（瘦弱。羸，léi）不堪了，现在他成了一个俊美的小伙子——身材高大挺拔，充满活力。他身上的诅咒解除了。

但魔咒的威力并没有完全消除。奥西奥走近时，发现自己深爱的妻子身上发生了翻天覆地的变化。她乌黑光亮的头发变得雪白，脸上爬满深深的皱纹；她拄着拐杖，步履蹒跚（腿脚不灵便，走路缓慢、摇摆的样子）。尽管他自己恢复了年轻美好的样子，但是奥薇妮却突然间老了。

"啊，我最亲爱的！"他叫道，"暮星戏弄了我，竟让如此的不幸降临到了你头上。这不幸远甚我当初受的诅咒，若我能来替你承受村民的侮辱与嘲笑，而不是让你去遭受那苦难，该有多好。"

"只要你还爱我，"奥薇妮回答道，"我就心满意足了。若让我选择我俩之中只有一人能拥有年轻与姣好的容颜，我希望那个人是你。"

奥西奥将奥薇妮拥入怀中轻抚，发誓因为她内心的善良，自己会比之前还要爱她，接着他俩像恋人一样，手牵着手一起走过去。

那几个傲慢的姐姐看到这般景象，不敢相信自己的眼睛。她们看着奥西奥，目光中充满嫉妒，因为他比她们任何一位的

丈夫都要俊美、高贵得多。奥西奥的眼中闪耀着暮星璀璨的光芒，当他开口说话时，所有的男人都转身聆听，充满崇敬。但是铁石心肠的姐姐们一点儿都不同情奥薇妮。事实上，她们还很开心，因为她们意识到奥薇妮再也不比她们漂亮了，她们被嫉妒蒙蔽的双耳再也听不到人们称赞奥薇妮的话语了。

宴会开始了，大家都非常开心，只有奥西奥闷闷不乐。他恍惚地坐着，不吃不喝。他不时将手放在奥薇妮手上，凑过去在她耳边说上一句让她宽心的话语。但更多时候，他坐在那儿，把目光投向帐子外面繁星密布的夜空。

不久，所有人都安静了下来。黑夜中，远方漆黑神秘的森林里，传来了乐声——微弱、优美的乐曲仿佛夏季暮光中画眉鸟的歌声，但仔细听又不像。这充满魔力的乐声从没有人听到过，它从极远处传来，在夏日的寂静夜晚起伏荡漾。参加宴会的人们困惑地听着。他们当然会困惑！因为在他们听来，这只是音乐，而在奥西奥听来，这是能听懂的话语，说话声来自天空，是暮星的声音。以下便是他听到的话：

"没事了，我的儿子。诅咒已经破除，从今以后再没有巫师能伤害你。没事了，是时候你该离开大地，回到苍穹与我同住了。你面前有一盘菜肴，沐浴在我的星光下，我已对其施了祝福，因此它有了魔力。吃一口这盘菜，奥西奥，一切都会好起来的。"

于是奥西奥吃了一口他面前的食物。看哪！帐篷开始颤抖，慢慢升向天空，越来越高，高过了树顶，朝着星星的方向越升越高。

上升的时候，帐篷里的一切发生了神奇的变化。陶罐变成了银碗，木盘变成了红贝壳，树皮篷顶和用于支撑的木棍变成了在星光下闪闪发光的材质。

帐篷升得越来越高，九个傲慢的姐姐和她们的丈夫都变成了鸟儿。她们的丈夫变成了旅鸫（一种鸟，体形较大，嘴形较窄，嘴须发达，翅形尖，尾较宽且长。分布于北美地区，以各种野果、栽培水果和浆果、植物种子为主要食物。鸫，dōng）、画眉鸟、啄木鸟，而姐姐们则变成了羽毛艳丽的各种鸟儿。其中四个最爱叽叽喳喳嚼舌根的，变成了喜鹊和冠蓝鸦。

奥西奥坐在那里，看着奥薇妮。她会不会也变成鸟儿？一旦这样，她就要离他远去了。这个想法让他悲伤地垂下了头。而当他再次抬起头看她的时候，发现奥薇妮瞬间恢复了之前的美貌，而她衣裳的颜色，则变成了只有在给彩虹上色的地方才看得到的奇妙色彩。

气流托着帐篷不断升高，帐篷开始摇摆颤动，它穿过云层，上升，上升，再上升，最终稳稳落在了暮星的国土上。

奥西奥和奥薇妮把所有鸟儿都捉进了一个大银鸟笼里，鸟儿们有了同伴，似乎也感到很满足。这时奥西奥的父亲，即暮星之王，走来问候他们。他身着的翩翩长袍，由星辰织成；他雪白的长发，如云朵一般披在肩上。

"欢迎你们，"他说，"我亲爱的孩子们。欢迎来到这个本就属于你们的空中王国。你们经历了痛苦的磨炼，但你们勇敢地面对了一切，现在该是为你们的勇气和忠诚报以奖励的时候了。你们会在这儿幸福生活，但有一件事你们必须当心。"

他指了指远方的一颗星星——那颗星星很小，闪烁着，在云雾中忽隐忽现。

"那颗星星上面，"他继续说道，"住着一个名叫沃比诺的巫师。他的法力可使星光如万箭一般射出，伤害那些他想加害的人。他与我是宿敌，就是他把奥西奥变成了老人，并使他从天上掉到了地上。当心别被他的光射到。所幸他邪恶的法力已经被大大削弱，因为友善的云朵们都过来帮我，形成了一面他的光箭无法射穿的云屏。"

幸福的夫妇俩双双跪下，感激地亲吻了暮星之王的手。

"但是这些鸟雀，"奥西奥说着指了指鸟笼，"也是巫师沃比诺的杰作吗？"

"不，"暮星之王答道，"这是我的法术，爱的魔法，你们的帐篷也是因之飞升，将你们带到了这里。同样，也是我的法术将你们小心眼儿的姐姐和姐夫们变成了鸟雀。因为他们憎恨你们、嘲弄你们，而且对老弱之人毫无恻隐之心（对受苦难的人产生同情、不忍之情），常带着鄙夷，所以我这么处置他们。与他们应受的惩罚相比，这还算轻的。在这个银鸟笼里，它们足以幸福度日，以一身靓丽的羽毛为傲，心满意足，趾高气扬，叽叽喳喳。把笼子挂在我居所的门边，他们会得到悉心照料的。"

这样，奥西奥和奥薇妮便住在了暮星之国。

随着时间推移，巫师沃比诺住着的那颗忽闪忽闪的小星星，星光愈来愈惨淡昏暗，最后几乎失去了伤人的能力。

同时，奥西奥和奥薇妮夫妇俩有了一个儿子，他们幸福的生活更加完美。这个可爱的男孩儿有着母亲梦幻般的黑眼珠，

同时也继承了父亲的强壮与勇气。

他们的住处对小男孩儿来说是一个理想之地——靠近星星和月亮，天空是如此接近，就像他床上的帷幔，苍穹的光辉在他面前展露无遗。但有时候，他感到孤独，会猜想地球的样子，那个他父母曾经居住的星球。他从暮星向下望能够看得到，不过实在太远太远了，以至于地球看上去还没一个橙子大。有时候他会朝地球伸出双手，就像地球上的小孩子们向暮星伸出手一样。

他父亲给他做了一张弓，还有一些小小的箭，这让他非常开心。但他依然很孤独，总是在想地球上的小男孩儿和小女孩儿都在做什么，以及他们会不会愿意和他一起玩。地球一定很美，他想，上面住着那么多的人。他母亲曾给他讲过那片遥远土地上的奇闻逸事，那里有美丽的湖泊与河流，有绿色的大森林，森林里住着鹿和松鼠，还有起起伏伏的大草原，上面有成群成群的野牛。

他听说大银鸟笼里的鸟儿们也是从地球上来的，地球上还有成千上万这样的鸟儿，还有一些更加漂亮的，他见都没见过：有脖颈儿长而弯曲，在水上优雅徜徉（chángyáng，闲游；安闲自在地步行）的天鹅；有在夜晚的树林中鸣叫的夜莺；有红胸知更鸟，有鸽子，还有燕子。它们该有多美啊！

有时候他会坐在鸟笼旁，试着去理解里面披着羽毛的小生灵的话语。一天，他脑中出现了一个奇怪的想法：要是打开鸟笼放鸟儿们出来，鸟儿们飞回地球，说不定还能把他带着一起去。而爸爸妈妈想他的话，肯定也会跟着一起去地球……

他并不知道自己这么做会带来什么后果。而他不由自主地来到了鸟笼旁，等他回过神来的时候，自己已经打开了鸟笼，把鸟儿放了出来。鸟儿们就这样在他周围飞来飞去。现在他心中有点儿不安，还有点儿害怕。如果鸟儿飞回了地球，把他一人留在原地，那爷爷会怎么说？

"回来，回来！"他叫道。

但是鸟儿们依旧只是围着他盘旋，完全不理会他的喊叫。它们随时都可能飞回地球。

"回来，你们给我听着！"他大喊，跺着脚挥舞着他的小弓，"给我回来，否则我就把你们射下来。"

鸟儿们不听他的，他搭上弓就是一箭。他瞄得很准，弓箭穿过一只鸟儿的羽毛，羽毛落得到处都是，鸟儿受到了惊吓，掉了下来，不过受伤并不严重。鸟儿掉落的地面沾上了一小滴鲜血。但现在那鸟儿已经不是翅膀上插着箭的鸟儿了，在它掉落的地方，站着一个年轻美丽的女子。

因为住在星星上不允许流血，不论是人是兽还是鸟儿，所以几滴血滴到了暮星上，一切都起了变化。男孩儿猛然间发现自己被无形的手拖着下坠，慢慢接近地球。没过多久，他看到地球上绿色的山丘，浮在水面的天鹅。他躺在无形的手上向天上看，他看到帐篷也在下降。帐篷轻柔地飘下来，最后落在了一个岛上。帐篷里是他的爸爸妈妈——奥西奥和奥薇妮，他们都回到了地球上，又一次和人类一起生活。他们把生活的技能传授给男人和女人们，因为他们在暮星上学到了很多东西，所以地球上的孩子们能够学到更多的知识了。

155

　　他们手拉手站在那里，所有中了魔法的鸟儿们都从空中拍打着翅膀飞下来。一旦落到地上，它们便不再是鸟儿了，都恢复了人形。虽然恢复了人形，但和之前不太一样，现在他们变成了小矮人、袖珍人，印第安人称他们为"普克武德奇斯"（美洲民间传说中的矮人名）。他们变成了快乐的小矮人，很少有人见过他们。渔民们说会偶尔瞥见他们——在夏夜，大湖边平坦的沙滩上，他们在暮星的光芒下起舞。

精华赏析

　　美丽的姑娘奥薇妮没有选择英俊帅气的小伙子，而是嫁给了又穷又丑的奥西奥，因为她知道奥西奥有着温暖、善良、美好的心灵，这比俊美的外表更加宝贵。一个人拥有漂亮的外表固然能吸引他人的目光，但比漂亮的外表更重要的是纯真、善良的心，只有心灵美的人才能真正赢得他人的尊重。